回眸九十年

单小璜 著

山东教育出版社

图书在版编目（CIP）数据

回眸九十年／单小璜著．－－济南：山东教育出版社，2016
ISBN 978－7－5328－9481－9

Ⅰ．①回…　Ⅱ．①单…　Ⅲ．①回忆录－作品集－中国－当代　Ⅳ．①I251

中国版本图书馆CIP数据核字(2016)第152642号

回眸九十年

单小璜／著
主　管：山东出版传媒股份有限公司
出版者：山东教育出版社
（济南市纬一路321号　邮编：250001）
电　话：（0531）82092664　传真：（0531）82092625
网　址：sjs.com.cn
发行者：山东教育出版社
印　刷：山东继东彩艺印刷有限公司
版　次：2016年7月第1版　2016年7月第1次印刷
规　格：889mm×1330mm　32开
印　张：7.125印张
字　数：130千字
书　号：ISBN 978－7－5328－9481－9
定　价：28.00元

（如印装质量有问题，请与印刷厂联系调换）
印厂电话：0531－87160055

▲ 作者90岁留影

写在前面

我一直没有想过写回忆录似的东西，人海茫茫中我只是灰尘一粒，一阵微风便被吹得无影无踪，有什么可留下的？既无惊涛，也无骇浪，一生平平常常，顺顺利利。人们爱我，上至奶奶、外婆，下至父亲、母亲，他们对我百依百顺，宠爱有加，没受过他们一声呵斥，一指头惩罚。中间有两个妹妹，都因病年幼夭折，等我长到12岁时，才又添一小妹妹，这时我已出外就读，与这个小妹妹也无过多接触，所以兄弟姊妹之间的亲昵、矛盾在我身上都未产生，我就这么任着性子，自由自在，学习自己所喜爱的课目（文史类），对数理化则拒之门外。

今年我已进入90岁了，我从未料到我会活到这个岁数。我自幼体弱，想想是因第一个妹妹患肺结核病去世，我被传染上结核病所致。在12岁左右，一个黄昏时节，我正逗小妹妹玩时，突然大吐血，自此病倒。就医养病一段时间，没发现恶化，大家也就没再在意，我也从此忘记了这场大病。

大病未亡，又活到近90岁之时，怎么想到要写写家史和个人的经历和感悟呢？主要有两个原因：一是2013年8月，我接家乡一个侄孙女和一个侄外孙女，两个20岁左右的大学在校生来济玩玩。我想我不能仅在经济上资助她们上大学，还应在思想上给予一些帮助，所以抓紧时间跟她们谈谈单家前辈和我这辈尚健在的她们的爷爷、姥爷和她们同辈的堂、表兄弟姊妹在全国各地的情况。谁知道我激情满怀，不顾气短神伤地说了一些，问她们有何想法，她们茫然回答："不懂。"我非常失望。再一个原因，还是2013年12月的一天，我因找东西，从书桌右边柜子里翻出个小皮夹，里面居然存有我1949年参军后，因要填出身成分，需知家庭的经济状况，妈妈回答我提出问题的回信。多宝贵啊，我居然也留下我妈妈的笔迹。因前两个月从近70年未见的华侨老友处得到父亲在1945年抗日战争胜利时，给老友写的临别留言。这两份遗墨，激起了我对往事的回顾。兴奋之时，女儿丹丹过来看我，听我诉说后，她鼓励我说："你和你上一辈的事我们都不知道，你写下来吧，给你孙女、外孙和各地亲属留下一份记忆……"我下决心了，趁我记忆力还好，眼不花，手不抖之时，来写下近90年来我在不平凡的年代里，复杂的家世和我这个既简单又很平凡的人的故事。

目录

三代人的简史

白手起家

人各有异，地主也不是划一的，我记述的爷爷、奶奶，就是地主中的“这一个”。

爷爷叫单忠藩，人们称这个家为“忠记”。他十多岁时，从湖南平江瓮江一个单氏大家族中分流至湘阴县（现改为汨罗市）长乐街（现改为镇）。当时单身一人，一无所有，给一些店铺挑泔水，然后在店铺打工当学徒。攒了一点钱后，就做红茶生意。一次收购了一小船茶叶送汉口销售，等了不少时日，没找到买主，还有几位同行的小本生意人不想等了，就请爷爷代销，赚多赚少不管，只要保住老本就行，对爷爷充满了信任，爷爷答应帮忙。他们走后不久，一位苏联商人，也有说英国商人的，与他联系上了，签订收购合同，长期合作，并答应带盐过来（当时我国食盐紧缺）。一来二往，爷爷在新市开了茶厂，自己坐庄汉口，住在汉口湖南同乡会馆搞销售。从此家中盖了大瓦房，置了田地，成了当地的大富豪。众乡绅给他送了一块大匾，上书“白手起家”四字。

最近，在家乡长乐镇的弟弟来信说，他查了单氏族谱，里面有对爷爷60多个字的记载：“忠公为了我族人才之提高，家族之兴盛，捐献稻田四十亩兴办教育，部分还有首登小学四亩作为办学基金，这种爱族公德之心应予保留。永垂不朽，谨此附载。”弟弟信中还说：“60余字，而一般人在谱书上，只记载生死年月墓地等寥寥十几个字，可见族间对他老口碑之不一般了。”另外信中还提到走访的几位高龄前辈，都传说忠爹还捐了十几亩山林办南安学堂。1939年为了躲日本鬼子，家中把堂姐五毛，还有堂弟九毛和我送到瓮江单家祠堂住读。听说那里的学校，也是爷爷捐了100亩地办的。

爷爷是个善良、不忘本的人，他的佃户，每年的租都是由他们自愿交上门，从不逼交。佃户上门交粮时，盛情款待。逢灾年歉收，也随佃户交多交少。丙寅年遭大水，长乐街闹饥荒，忠记在铺门前煮粥施舍给饥民。

我妈妈给我讲了一件她亲身经历的事：一次过年（现在的春节），已是年三十的黄昏，一个农民来到我家大厅，问能卖点米给他不？妈妈随口答应道：“这个时候我们不卖米。”来人正无奈时，爷爷在房里听到了，交代说：“这个时候来买米，那是很困难了，卖给他。”

妈妈还说，我爸爸的朋友，不分男女，上学有困难的，爷爷都帮助，所以我爸爸和几个爷爷帮助过的朋友结成把兄妹。他排行第三，把兄妹还有四叔李崇诗，五姑妈李湘兰（四叔的亲妹妹），六姑妈早逝，情况不详，七姑妈单先仁，是本族的远房妹妹。最近我翻出一封20世纪80年代七姑夫张天福给我的来信，谈到爷爷和父亲帮助七姑妈上学费用等等，证实了爷爷好帮助人的事实。

▲ 奶奶和二伯父母部分姐弟合照

我没见过爷爷，因为我出生之年，正是他病故之时。

奶奶叫江丽贞，多么善良、慈祥、勤俭的一位老人呵。听说在爷爷创业期间，家中多少有点积蓄，但她想吃一点挂面（一把把的干面条），舍不得花钱，还要亲自纺纱换点钱买来。在我童年时期，我就知道她信佛，平时自己早晚打坐外，还邀集十几二十个中老年妇女到家中大厅堂中打坐（盘腿静坐）。每月初一、十五两天，在后院大门处施放大米，这时四乡八里来的穷困人家，拖儿带女排成队，一人分得一茶杯大米。每逢过年过节，她都买来大批大、小鱼等，半夜派人向汨罗江中放生。她所做的善事，也是得到了一些回报。听说 20 世纪前期，苏维埃赤卫队途径长乐街打富济贫，对民愤极大的富豪劣绅，采取烧、杀、关的激进手段，当地群众热情高涨，也起来打土豪、除劣绅、烧地主房屋，我家当然也不可幸免。一伙人点着火把来了，要烧住房和店铺，这时爷爷奶奶等家人早已逃离他乡，家中无人。在关键时刻，一些穷苦乡亲出现，喊道："这家不能烧，将他们烧了，我们以后要饭都没地方去了……"房屋、店铺就此保住了。

20世纪50年代初期，新中国成立后，大搞土地改革，这时我早已参军。后听说，土改时，家中房屋土地都没收了，家具、日用品也所剩无几。奶奶最心爱、最心疼的是她一口棺材，这棺材已做成十几年，她每年用桐油油一遍，有时间就抚摸抚摸它，可没收财产时，这口棺材也被抬走了，她伤心极了。听说一家贫农有老人病重，棺材分到他家，病人突然就好了，棺材用不着了，于是带话给我奶奶，如果她想要回棺材，可出点钱买回。奶奶喜极，于是东凑西凑，把棺材运回。也有一种说法：贫农分到棺材，觉得棺材太好了，自家消受不起，还是退还忠媄驰（土语：奶奶的意思）吧。

1958年奶奶病故，还是躺在她心爱的棺材里离世。

奶奶埋葬在离镇上不远的海家山，是一姓向的老贫农守的庄屋，他在土改时入的党。墓地周围有松树、杂草，向老爹对爷爷、奶奶有深厚的感情，精心管理着这一墓地。1958年，"大跃进"建公社，大兴挖墓找埋财之风。向老爹不顾自己是党员的身份，劝阻说服挖墓者："忠媄驰死于过苦日子时期，饭都吃不饱，哪有金银陪葬。"挡住了挖坟，但他自己还是受到了批判。

奶奶的坟、墓碑，连同后来我二伯妈、我妈妈的骨灰盒都埋在其身边。1997年我和小妹妹回家乡扫墓时，特别向守墓人全家送四样礼，并向他们全家鞠躬致谢。此时，老守墓人向老爹已去世，他的儿、孙继续守在这深山里。

◀ 奶奶、二伯妈和我父亲、母亲的墓和碑

复杂的外婆家

外公姓李，名继时，他留学日本，回国后在山东工作过，外公祖辈是官宦人家。是的，我七八岁时，暑假到外公家住过，外公家住的是一套三进大房，门槛高到我们用脚跨不过去，要坐在门槛上将腿脚转半圈才能站起来走路。几辈下来，住了 30 多户人家。大门里一个过道，我在时还看到门旁堆着竖着木杆的大牌匾，上面书写“回避”等字样。家中用的几个饭菜碗，里边是浅蓝色，外边是白色衬底，彩色凸出的花纹。后院靠山，满院竹子、梅树，还有亭子似的一个小楼房，楼梯旁散落几本线装书。这时，外公家已败落，仅靠不多的出租地和二舅自耕一点地生活。

对外公我知之很少，他离世也较早，但对外婆我却是难忘的，她姓杨，个子不高，很能干的样子，平时抽一种像壶一样的用手托着的水烟袋。在外婆家，我和她住一间房，白天，她到哪儿，我跟到哪儿，形影不离，她疼我超过了疼她自己的儿女，我的舅舅、姨妈。小姨妈只比我大六岁，她就没有我的待遇高。外婆买了糖果点心，藏起来只给我吃，其他人连尝都不能尝，外人都说外婆带我如带“满仔”（意思是最溺爱的小儿子）。

▲ 外公李继时

妈妈曾对我说，外婆娘家身世显赫，她亲妹妹，我的姨外婆，嫁给清朝一翰林为妻，姨外婆的媳妇又是一状元之女。姨外婆家建国前是一大资本家，在长沙开金铺。

我有五个舅舅，两个姨妈。有两个舅舅是外公前妻所生。留下一个孙子，是我大表哥，我五岁时在长沙上小学时见过他。那时他可能快 20 岁了吧，来我家养病。一次见我做作业困难，帮我在石板（四边镶有木板的石板作业本）上写了几个造句，算是作业，叫我带给老师。老师看了，当然知道不是我写的，但未批评，就此算了。自此以后，他病愈离开，音讯杳然，不知去向。

我亲外婆所生大舅舅叫李厚儒，号季龙，我叫他季舅。他从小在外读书，在北平上了燕京大学。当时思想激进，参加了五四运动并被捕，是家中卖地用钱把他赎了出来。他学的是文科，在国民党武岗黄埔军校当过教官。舅妈当音乐教师，生下一儿一女后不久，因病去世。表弟叫李坚白，早早回家乡平江县瓮江老家务农。季舅在解放后仍在一县里当教师，因出身成分问题，又是国民党员，被打成右派、反革命分子，1958 年遣返回家乡与儿子同住，不久病逝。女儿叫李小慧，没有母亲，继母虽有工作，也有子女，照顾不过来， 表妹小慧从小受尽磨难，但仍读到初中毕业，后来在湖北黄石市地质子弟小学任教，与一个名叫曾和的工程师结婚。育有二女，均在身边，晚年生活美满幸福。

◀ 大舅李厚儒之女李小慧全家

二舅叫李应龙，一个憨厚、爽快、勤劳，地地道道的农民，并有木工手艺，土改时划为中农，他有一儿一女。

小舅舅叫李厚汪，号云龙，我叫他云舅。他有中学文化。解放前，他曾跟随我父亲干过检查所检查员。解放时，作为起义人员遣返回家，当了农民。在土改时划为小土地出租者。育有一女。

女孩中，我妈妈是老大，二姨妈我叫她文姨，姨夫叫江奋楚，也是地主出身，但他一直在外地当个小职员，一生勤勤恳恳，谨小慎微。他们育有一子一女，儿子叫江聘周，也是一般的工作人员。女儿叫江

▲ 二舅李应龙

▲ 小舅李云龙

艺芳，在湖南长沙卫生系统工作，她的丈夫叫胡光凡，历任湖南省社会科学院文学所所长等职，是一个有成就的文学理论工作者。2013 年湖南大学出版社出版了他文坛耕耘 60 年自选集《美的领悟与思考》上下册，共 160 多万字。他的专著代表作《周立波评传》，先后获中国当代文学研究会、中国新文学学会和中国解放区文学研究会的奖励，并获湖南省首届社会科学优秀成果二等奖。他是中国作家协会会员，因在社会科学方面做出突出贡献而享受我国政府特殊津贴。

▲ 表妹江艺芳、胡光凡夫妇

◀ 二姨和表妹江艺芳

小姨妈叫李厚明，后改名宪英。她很早嫁给她表哥郑定宇，即翰林之子，姨夫是读古书长大的，体弱，经历简单。解放后，夫妻俩都在工厂工作，育有四子两女。大儿子叫郑传，是个苦干巧干的工程师，后任安徽省淮北煤矿建设公司机电安装工程处处长，工作突出，也是政府特殊津贴获得者。

土改后，外婆被划为地主，季舅是反革命，应舅是中农，云舅是小土地出租者，大表哥从我家离去后，大概就参加了红军，作战牺牲，被追认为红军革命烈士。地主家大门上挂着革命烈士光荣牌，这个家够复杂的吧。

▲ 小姨和姨夫及其子女，后排左 2 为郑传

三兄弟

爷爷奶奶共育有三个儿子，无女儿。按爷爷奶奶意见，第三代都按出生年月顺序排名。

大伯父名单劲松，中等文化水平，与前妻生有两女一男，叫大毛、二毛、三毛。前妻英年早逝，后续弦，娶伯母刘德华为妻，又生三子一女。

▶ 大伯和大伯妈

▲ 二伯父单翠松

▲ 二伯妈李毓华

这四个弟妹，排行到十二、十六、十八、二十。

大伯父一直在外当一个小职员，因家庭负担重，将爷爷留给他的土地卖掉了一部分，但还留下一些。土改时，仍划为地主。

二伯父名单翠松，性格内向，平时不多言多语，本本分分经营着祖父给他留下的一个酱菜园，并监管大伯、自己和我家的土地。二伯妈李毓华，生育七男二女，排行四、五、七、九、十、十三、十四、十五、十九，其中十三、十四两个男孩夭折。二伯妈性格开朗，断文识字，结婚后，曾随娘家姐姐（我们叫芝姨）去广州学医，但不久即被召回，这是二伯妈终生的遗憾。1954 年被五姐接去大连市同住，1962 年病故。

三儿子是我父亲，叫单岭松，按单家辈分是“先”字辈，所以他的学名叫单先伟，后来又改名为光炜，1902 年出生。妈妈叫李厚华，她与父亲也是奉父母之命、媒妁之言结合，但感情很好。育有四女，排行六、八、十一、十七。我第六，八、十一，年幼夭折。他们结婚前后，父亲一直在外地读书，高中毕业后，考入南京金陵大学外文系预科，不久，在一些好友的怂恿下，进入了广州国民党的黄埔军校，第六期毕业。从此进入军界，常年在外，和母亲聚少离多，我更是难得和他见上一面。在我九、十岁时，他曾接母亲和我还有八妹在西安、洛阳、开封、许昌等地住过，都是将我们母女安排在城市住下后就离开去了部队。到 1937 年，干脆将我们母女仨送回家乡。1938 年，八妹去世，母亲又生下十七妹，大家称之为细毛。不久，家乡也不安宁，父亲接奶奶、母亲、我和细毛，加上九弟到广东韶关住下。近一年，因日机轰炸频繁，城市住不下去，这时，家乡二伯父全家已避难湖南安化桥头河,他遂将我们送回湖南和二伯父家同住。几年中又毫无音讯。直至 1944 年，他来到桥头河将母亲、细毛接去长沙，这时我才知道他的工作、职务。从 1944 年到 1949 年新中国成立前，他历任国民党湖南长沙、重庆青木关水陆交通检查所上校所长，粤汉铁路郴州、岳阳、长沙警务段段长等职。1949 年湖南解放时，他跟随程潜起义，并分配在铁路局工作。但不知何故，又将他判刑，发配湖南岳阳某农场劳改。直到“文化大革命”结束，我向湖南高等法院提出申诉，不久，得以平反。

平反的文件题目是《关于单光炜同志问题的复查决定》，其中提到：“……经湖南省高级人民法院复查，于一九八零年十一月二十日以（79）刑中再字第 55 号判决，单光炜解放前曾参加国民党，在任伪职期间有一定罪行，但一九四九年解放前夕任伪粤汉铁路长沙警务段段长时，对保护人民财产，迎接解放做出了一定贡献。根据有关政策，对单光炜应按起义投诚人员的政策对待。不应追究刑事责任。据此撤销湖南省高级人民法院一九五一年特字第 118 号刑事判决……”

这个平反决定发下来，离我父亲在劳改农场病故已整整 20 年了。

我对父亲并没有敌意，只是小时候接触很少，对他不亲。青年时期接触了一些进步思想，对他是国民党军人身份心怀不满，与他更无话可谈。1948 年暑假我回过郴州家中，有一次他到我房中想跟我谈点什么，我没理他，他落寞地边走出房门边念了一句：“人逢知己千杯少，话不投机半句多。”我想他那时的心情是非常难过的。

其实我父亲这个人的品行还是难得的。他是军人，但他业余爱好却像一个儒者，早起读英语，闲时练书法、下围棋。在战乱时期，他连一副围棋子都没有，他的围棋是用蚕豆代替的。妈妈给他缝了两个小布袋，一个装原色带绿色的蚕豆，一个装染成红色的蚕豆，自绘的一张围棋棋盘图纸，平时放在公文包里，走哪，带到哪。我上学是全公费，学校学杂费、食宿费全免。1945 年到 1949 年上半年，家里只供给我一点零用钱，上学期间，我做件布料旗袍都很勉强。现在想来，他是黄埔军校第六期毕业生，他的同学、朋友、把兄弟都是国民党少将以上军衔，而他七八年始终是一个上校检查所所长、铁路警务段段长之职；在经济上，一家四口生活都很紧巴。有些亲友也反映，他是个清廉的官。

2013 年，他在上世纪 40 年代一个年轻的下属，是个华侨，得知我还健在，并住济南，不顾自己已是 90 岁高龄，不远万里从马来西亚专门来看我，并交还我父亲在 1945 年抗日胜利后写给他的临别赠言一纸，上书：

在抗战中长成困苦艰难备尝之矣

完成建国事业责任更大岂能旁贷

我儿子童星看后说道：“还很正能量嘛！”

这就是使我背负思想压力几十年的父亲，我也是个没给过他好脸色、好心情的女儿。想起他来，我现在心里有点隐隐作痛。但想到在他劳改近十年期间，虽然没有一人去看过他，但我有几年，在我讲政策的丈夫支持下，每月给他寄五元钱生活费，这一举措，稍微使我内疚之心得到一点慰藉。

自古以来，母爱一直被赞颂。母爱是无私的、无价的，我享受的母爱也是满满的。母亲对我的爱，都藏在默默的行动中，幼时由着我的性子哭、玩、闹；大了，为一点事赌气出门时，她不声不吭、悄悄

▶ 母亲李厚华

地给我手中塞几毛钱出去散心。只要我愿意，读初中时就住校她也舍得；后来远离她身边到外地上学，她支持；我自主地参加革命部队，自由地恋爱结婚，她更是管不了，只有祝福。作为女儿，我确实没有受过任何约束。从小我没有做过家务事，在她身边，洗衣、做饭从未支使过我，真是饭来张口，衣来伸手。她是个有文化的家庭妇女，幼时读过私塾，能看书、写字、算数。她教我读过《三字经》《女儿经》，讲故事、讲家庭往事。她讲话慢声细语，从不说脏话、骂人，举止文雅得体，能善待人，容忍人。大姐、二姐、三哥，从小没娘，只要我母亲在家，他们就往我家跑，和我母亲相处亲密。她没教我怎么做人的道理，但她的行为举止，潜移默化地使我也能与人和睦相处、诚心待人。

新中国建立后，她受过丈夫被判刑的揪心痛苦；土改时，她受过运动的冲击和没收财产后，生活无着的磨难。这些经历她从未向我诉说过，我也从不询问和打听。1956 年，政治气氛比较宽松，她又一个人在家乡，于是我把她接出来和我同住，我这个小家庭由她经管起来。看孩子、做饭、打扫卫生，都是她包办了，我一心一意地干我的工作，十年就这么平静地度过。

1966 年，“文化大革命”开始爆发，我预感到这场运动将来势凶猛，地主母亲留在军营将会有麻烦，而且此时，我丈夫要调往北京中国科学院工作，留下她已不可能，遂决定送她回老家，与过继给我家的堂弟同住，由我负担生活费。母亲得知我的安排后，没任何表示，平平静静地准备行装，默默地独自上路走了。我望着她的背影，心情是凄苦的，可母亲的表情平静如水。

十年又很快过去了，她在家乡所受到的冲击我没有过问，不敢了解，怕受不了。1976年，这时她已近70岁，弟弟将她送来济南，是背着她进门的，她眼睛朦胧，行走蹒跚，耳朵也不好使，从此在家养病。虽然不缺人照看，但她从不提出任何要求，给什么吃什么，不舒服也不哼一声，她躺在房里，就像没这个人一样，一点动静也没有。1985年6月在济南军区总医院病房里静静地走了。

现在我一想到母亲，仍觉得难过、内疚，虽然她知道父亲已平反，政府还给了她抚恤金，心中无牵无挂，但总感觉在她的晚年我缺少对她精神上的抚慰，病体的照顾上也缺少细心周到的护理。我没有坐下来和她谈心，聊天，没有听听她的要求和需要，没有像现在的老人坐上轮椅，推着她到室外晒晒太阳，兜兜圈子……

亲爱的妈妈，对你我还有很多遗憾！

小家庭，大家族

祖父去世后，三兄弟分家，将房屋、铺面、土地分成三份，抓阄作数。父亲不在家，由我母亲代表，她抓到了主房一栋。这栋房子是爷爷、奶奶和儿辈三兄弟共住的一栋房，这栋房子共有三层，第一层有大厅堂上下两间，下边厅堂旁有两天井，天井旁还围绕着几间小厢房。厅堂大门是石头做的圆形大门，门上挂着那块“白手起家”的大横匾。上边厅堂两旁各有正房三间，东边正房第一间奶奶住，另两间二伯家住，西边三间均为我家住，大伯家就住在东边天井旁的几间厢房里。第二层有正房六间，有一间是奶奶的佛堂，里面供有佛像，是奶奶烧香祭拜之地。其他房空着，有客人来才住。第三层，只是一个有着四面栏杆的亭子，倚着栏杆，可以看到全街和潺潺流动的汨罗江水。

分家人未动，我们三家还是住在一起，只是各家起伙。三家的孩子是按出生年月排名的。大姐、二姐、三哥是大伯前妻生的三个孩子，四哥、五姐是二伯家的孩子，我第六，第八个是我亲妹妹，早逝。七妹、九弟、十弟，都是二伯家的孩子，我们年龄相距较近，接触较多，相处融洽，所以感情较深厚，在我心中，他们就是我的亲兄弟姊妹，一生念念不忘。

大姐叫单澧兰，1917 年左右生，师范学校毕业，在外闯荡过。一只眼睛幼儿时犯眼病未治好，镶了一只假眼。因这一缺憾，高不成，低不就，一生未嫁。抗战胜利后，回到家乡，一直在家乡小学任教。由于家庭出身不好，本人有点历史问题，每次政治运动都遭到批判。1964 年她退休后，曾来我家住过近十个月，她离济南前恋恋不舍，但我也无法长留。“文化大革命”中，她又遭到批斗，心灰意冷，自缢身亡。

二姐叫单沅芷，1919 年生，初中毕业，也就是 20 岁吧，由奶奶做主，将她许配给一姓江的大户人家。江姓青年当时也是一个中学生，名叫江特勋，憨厚、单纯。

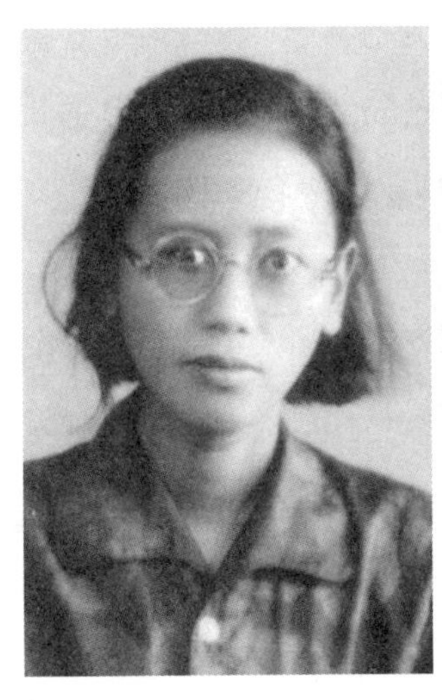

◀大姐单澧兰

▲二姐单沅芷与姐夫、女儿、外孙女合影

1939年冬天，我们三家都齐聚长乐街老家，十多个堂兄弟姐妹都到齐，欢快热闹极了。二姐就在此时结婚，奶奶给她准备了嫁妆：桌、椅、床、柜、澡盆、马桶、四季衣被，两人抬，共24台。因是旧式婚礼，新娘坐的是花轿，还要有送亲的人。五姐和我只有十三四岁，觉得新鲜、热闹、好玩，闹着要去送亲，奶奶和伯父母都很开通，居然大人未送亲，由我们两个妹妹乘着一辆轿子去了。轿子到后，主人隆重地来迎请新娘子家的送亲人，将轿帘掀起，钻出来的居然是两个小女孩。五姐穿的是我妈妈的一件绸夹旗袍，我穿的倒是我自己的一件绸棉旗袍。那几天，我俩和那里的孩子们玩得不亦乐乎。

这是我一生参加的唯一一次旧式婚礼，譬如闹新房、考新娘。闹新房不必说了，小说里、影视剧中都有所描绘和表现；考新娘，以后我就没见过。新婚后第一天一早，新娘要到厨房切菜、烧火、做饭。二姐来到厨房，先叫切葱（南方的小葱），她见菜板上放着一根葱，拿刀就切起来，可怎么也切不动，我和五姐为她急死了，原来葱里边套了一根筷子；来到灶台，用铁叉送一捆干草往灶门里塞，二姐连叉都举不起，看着真是弱不禁风，五姐和我为她唉声叹气，原来干草里捆着一块大砖头。

这次排场不小的婚礼，并未给二姐带来好运。姐夫结婚后，继续在外读书，并考上了西南联大。没几年，传来噩耗，姐夫死了，他们留下了一个女儿，由男方家人抚养。解放后，二姐没参加工作，为了改变成分，嫁给一个没什么文化的工人，依靠他微薄的工资生活。他去世后，二姐更是无依无靠，几十块钱的抚恤金是不够养活自己的。十几年，直到她因病去世，每月我都给她增添一点生活费。

对二姐我是有看法的，只要她能努力点，吃点苦，以她的文化水平、健康状况、又无孩子拖累，她完全可以自食其力，过上有尊严的生活，不至于晚年活到如此穷困潦倒的状态。我真是悲其不幸，怨其不争。

三哥叫单希惠，1921 年生，从小母亲去世，我不知道他是怎么长大成人的，但奶奶特别疼爱他。他在我印象中，身体清瘦，性格温和，学习也很用功，1945 年在重庆，他和五姐同时考上了复旦大学，学经济。毕业时，新中国成立，他参加南下服务团到四川自贡市，分配在市税务局工作。也是因为家庭出身和个人历史问题，后来一直劳动改造，50 多岁才和一带着几个孩子的女工人结婚，总算有了一个家。解放后几十年我没有见过他，但我关心他的生活，有信来往，并在他成家后，每年春节给他寄点钱，聊表牵挂他的心意。2007 年病故。

▶ 三哥单希惠夫妇

四哥叫单磬宜，1922 年生，是二伯家的大儿子，也是一个不多言多语、老实巴交的人。高级工业学校毕业，曾在国民党武汉一兵工厂

◀四哥单磐宜夫妇

工作过，解放后，在辽宁本溪一个大工厂当技术员。“文化大革命”中因历史问题受到冲击。退休后，携妻易锡玉、女单年芬回湖南长沙定居。晚年生活平静安宁，于 2000 年病故。

▶四哥的女儿单年芬

五姐单娴训，1925 年生。她是二伯父家七个子女中最开朗、能言善语、聪明能干的孩子，童年、青年时代顺利地在长沙楚怡小学，湖南第一中学初中、高中毕业，成绩优秀。

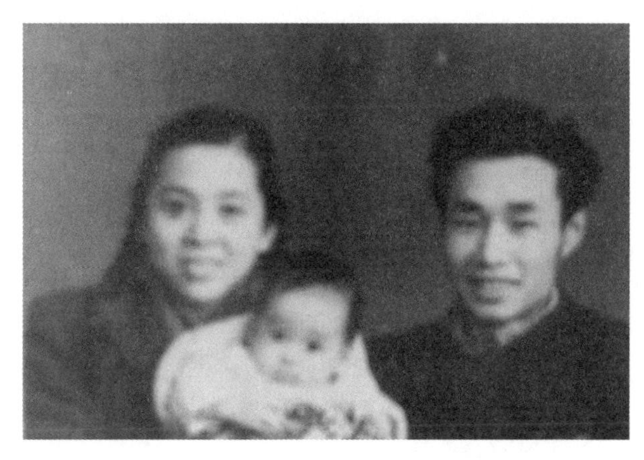

▶ 1951 年五姐单娴训、凌震亚夫妇

她能在长沙楚怡小学毕业，主要是她有个叫芝姨的姨妈是医生，姨夫也姓单，是留美学医的，回国后，在长沙有名的湘雅医院当内科大夫。芝姨不是一般人物，上个世纪 20 年代受到湖南平江农民革命的影响，走出家门进入长沙第一师范学校，随后参加勤工俭学去广州学医。学成后，回长沙开了一所很小规模的产科医院，叫博爱医院。一个医生、一个护士、几张床位。不分昼夜寒暑，有难产的随叫随到。她坚强、豪爽、宽厚、仁慈，自己有两个小孩，还把外甥女五姐留在身边读书。她依靠个人的努力，扩大了医院，事业蒸蒸日上。五姐说：在芝姨家几年的生活是她一生中最安乐、宝贵、值得留恋的，芝姨是她最敬佩、敬爱的人。在后来坎坷中，能坚强、忍耐、吃苦，是受到芝姨潜移默化的影响。五姐六年中学虽远离家乡，但是二伯父母也将家搬到远离战火的湘西——安化桥头河，与五姐学校只相距几里地，每星期都能回家。

1945 年高中毕业后去到重庆，考取了复旦大学化学系，1946 年跟随学校返回上海。1950 年毕业后，国家分配到大连铁路局机务段工作，因工作成绩突出，被授予“大连市先进生产者”称号，并于 1951 年结婚。

姐夫叫凌震亚，1929 年生，比五姐小四岁。他是上海人，1946 年考入复旦大学生物系海洋专业。1948 年底经学校地下党老同学联系，秘密赶赴北京、天津，然后到达建立在泊头的华北大学学习。1948 年离沪前即与五姐谈恋爱。经过两三年的分离，他于 1951 年也要求调往大连与五姐结婚，后一同调往沈阳铁路机械学校任教。离休前，姐夫职称为副教授。

五姐夫父亲是上海一家印刷厂的技术职工，他可谓是根正苗红，本人性格耿直，为人正义。1957 年鸣放中，对肃反政策有看法，发表了一点不同意见，居然被打成右派，这对一个年轻气盛的革命知识分子来说是多么大的伤害。但他们夫妻俩面对屈辱、艰难的生活，20 多年都坚毅顽强地扛过来了。1978 年，《改正右派》的指令颁布后，才被恢复原职原薪，不久被吸收为中共党员。他教课极受学生欢迎，他是一个面对苦难不言败，坚毅不屈、忍辱负重、积极奋进的好党员、好教师。

五姐在 1954 年以前就将母亲接出来了，排为十九的弟弟也被接到沈阳，送他读初中，尽到了一个做女儿、做姐姐的责任。她聪明能干、顽强、坚韧的性格和生活态度，始终使我敬佩。我俩年龄相近，一起进的小学；中学虽不同级同班，但也在同一学校；她在上海读大学，我在杭州读艺专，寒暑假经常见面；解放后，她在沈阳，她和姐夫回上海探亲，火车必经济南，他们均半途下车，来我家小住几天。我留下她给我的信近一百封，于 2010 年交还给了她，我们的感情比亲姊妹还亲。

他们抚育一男二女三个孩子。大女儿叫凌健，二女儿叫凌敏，小儿子叫凌跃。有一对双胞胎孙女，名叫凌晨、凌星，都已大学毕业，投入了工作；还有第四代的一个小小外孙女，活泼、聪明、可爱。她本人已 90 周岁了，头脑清晰，一切自理，还能照料家庭杂务。祝他们全家更加幸福，他俩健康长寿！

▲ 五姐夫妇和三个孩子合影，凌健（左 1）、凌敏（左 2）、凌跃（右 1）

七妹叫单端则，中专毕业。她生性温和、低调、沉默寡言，大家高谈阔论时，她总是静静地独坐一旁微笑着，但我认为她内心还是很有主见的。1946 年，抗日胜利后第一个暑假，我们三家兄弟姐妹都齐集家乡长乐街。一天，我看到她穿一件黑色布旗袍出现。后来才知道，那天二伯母安排她相亲，她不愿意，但她不说，见面时，以穿黑旗袍抗议。1950 年由五姐接她去了大连，就读大连医学院卫生学校，毕业后留校在妇婴分校工作，至 1970 年调入大连铁路医院工作至退休。

◀七妹单端则、倪钖滨夫妇

七妹夫倪钖滨，1927 年生，1948 年考入南京金陵大学社会福利行政系学习。新中国成立后，他改学医，又考入大连医学院，毕业后，在该校外科教研组工作。1962 年调大连铁路医院任外科大夫，成绩突出，对医院外科有杰出贡献，1987 年退休。

七妹夫生性热情、活泼、兴趣广泛，与七妹贤淑、安静的性格珠联璧合。他们育有一子一女，儿子叫倪小沛，女儿叫倪静霞。儿子小沛，通过自身的奋斗，带着全家三口去到加拿大创业定居已 20 年了，他们有一女叫倪莲婷，2013 年，在加拿大硕士生毕业，2014 年 9 月，又就读于加拿大安大略省伦敦市安大略大学进修医科，四年毕业后为医学博士。目前在单家同辈中是学历最高的。

▲ 七妹（左 1）、外孙周子麟（左 2）、孙女倪莲婷（左 3）、七妹夫（左 4）、女儿静霞（后排左 1）、儿媳徐新（后排左 2）、儿子小沛（后排左 3）、女婿周家胜（后排左 4）

八妹单小琪，大家都夸她性格好，学习好，只可惜十岁时即患病夭折，我失去了一个十年来朝夕相伴的亲妹妹。

九弟单志宜，1929 年生，是个稳重、实在、兢兢业业工作的人，他也在新旧社会交替之际，独自一人出外求学，为了能免费上学，考入了武汉大学林业专修科。毕业后，正值国家在海南岛需要大批林业专业人才去开发建设，他辗转分配到海南岛中国热带农业科学院工作，一干 30 多年，直到退休，职称为副研究员。海南岛从荒芜贫困到现在的繁华富裕，农科院从无到有，首批林业工作者们付出了多少艰辛，一般人是应该可以想象到的。

在孙子女辈中，奶奶最疼爱的是三、六、九。三哥是因为年幼丧母，在她膝前长大；六毛姊妹少不说，家中没有男孩，本人后来又体弱多病，值得怜爱吧；九弟则是聪明、懂事，又跟奶奶一起跟我家到广东韶关避过难（躲日本鬼子），亲自带过一段时间，当然疼爱有加。我和九弟之间，联系接触也比较多，从20世纪50年代直到现在，我们在南京（弟媳董婉秋1954年在南京娘家分娩）、济南、海南岛、上海都见过面，现在每年电话联系不断。

弟媳董婉秋，南京大学林业专修科毕业，在海南岛与九弟同一个单

◄九弟单志宜、董婉秋夫妇

▲九弟夫妇与儿子小平夫妇、女儿小庆、孙辈合影

位共事相识，喜结连理。他们育有一子二女。大女儿单小宁，一直在南京婉秋娘家长大，结婚生子，但英年早逝；二儿子单小平，夫妻俩在深圳拼搏；小女儿单小庆，在南京一航运大学毕业，与同校同班同学乐陵结婚。一同调入上海第三航运工程局设计院，育有一子，也已大学毕业、工作。他们工作虽忙，但生活美满。九弟夫妇几年前从海南岛搬来上海定居，俩人身体健康，又有女儿一家照顾，晚年是幸福的。

十弟叫单适宜，1930年生。他从未离开过家乡，一直沉默寡言，循规蹈矩，任劳任怨，安身立命，当了一辈子农民。由父母做主，与一姓江名向荣的姑娘结婚。向荣是个好姑娘、好妻子、好媳妇，与他同甘共苦，承担着繁重贫困的家庭负担，养育了三子两女，个个都刻苦地以自己诚实的劳动成了家。

▶ 十弟单适宜与妻江向荣合影

近年来，三个儿子都盖起了两层楼的新房，家中都是一儿一女。只是在文化教育上没加培养，一个个都是平凡朴实的劳动者，这对国家也是一种贡献。

▲ 二伯偕十弟等部分子女、孙辈合影

十一妹，是我家第三个女儿，不到一岁即夭折。

十二弟叫单毓湘，后改名单圭，1932 年生。他开朗、敢拼、敢干，17 岁参加中国人民解放军，并赴朝参战。他是我们堂兄弟姊妹中第一个成为中国共产党员的人。转业地方后，退休前任湖南省汨罗县医院副院长之职，2003 年因病去世。

弟媳陈清香，1934 年生，他们育有三个儿子。

十三、十四两个弟弟夭折。

十五弟名单恪宜，1936 年生，从小就由奶奶建议过继给我家，虽自小就改口称自己母亲为二伯妈，但到十岁才送到我妈妈身边，这时我早已

▲ 十二弟单圭

▲ 1986 年与十二弟单圭、清香、外甥（后排）合影

外出读书，与他基本上没什么接触。他性格内向，沉默寡言，加以年幼就离开了亲母，又正值社会变革时期，家庭突然大变，他内心遭受的冲击，现在想来，我是能理解的。他在林业中专毕业后，分配到株州林业局工作。1958 年，接到他单位来函，说他提出辞职，要回老家务农。其实单位对他的看法还是不错的，但还是按照他的志愿批准他回到家乡长乐街，当了一个农民。

▶ 十五弟单恪宜与江育梅夫妇

弟媳江育梅，曾参加过新疆建设兵团，并成为共青团员，与恪宜结婚后，育有两子一女。大儿子叫单立文，后改名单瞰。湖南大学土木工程系毕业，一直在长沙工作、发展，现在有房、有车，还能赡养父母，使我很感欣慰。第二个是女儿，叫单立红，是一个性格和善、知情达理的人，与现已是乡镇企业保险柜厂的业务副厂长刘雨根结婚。育有两女，大女儿刘媛，已于2014年大学美术专业毕业，现已担任教学工作。小儿子单立武，有开车的技术，与黄慧芳结婚后，育有一儿一女，女儿单鑫，学习努力，思想单纯，现已是大学四年级生，专业音乐教育。她弟弟单智超，已上高中。

▲ 恪宜、育梅全家照。女儿立红（后排左1）、立武（后排左2）、立文（后排中）、大儿媳伯翔（后排右2）、二儿媳惠芳（后排右1）。其他为孙子女、外孙

我虽然和恪宜弟没相聚过几次，但我心目中一直把他当亲弟弟看待。对他的生活，对他的第二代、第三代子孙在学习深造中都给予了一定的经济资助。他有主见，作风稳重，在家乡留守的兄弟中可以说

还是个主心骨哩。

十六妹是大伯妈刘德华四个孩子中唯一的女儿，叫单希伦，1937年生，是新中国成立后，堂弟妹中唯一一个在正规大学——湖南师范学院毕业的学生。在强调一个青年家庭出身好坏的年代中，她能以一个地主女儿的身份考上大学，可见其学习成绩之优秀。毕业后与同班

◀ 十六妹单希伦、陈文林夫妇

▲ 十二弟单圭与清香（前排左 2、左 1）、十六妹希伦与陈文林（前排右 2、右 3）、二十弟单希夷与细娥（后排左 4、左 5）和孩子们

同学工人之子陈文林结婚，育有一子一女，一生在县中学教书，当一辈子老师，桃李满天下。

妹夫陈文林我不熟悉，只知道他是多年的中学校长。直到2014年，收到他印出的一本书《金婚情序》——50年前日记选，我才对他有了较为深刻的了解。他的书收集了50年前对希伦爱慕、思念、关怀的诗与信，也揭示了希伦慎重、珍视、宽厚、有主见的择偶心态。书的前言是一首小诗，很有深意：

爱，有心，
心像一叶小舟，
载着你五十年来点点滴滴。

情，年轻的心永驻，
它五十年不老，
要三万六千日天天奉献。

爱情不是商品，
不能算计，
它的圣洁在于无私，
珍贵在于永远。

这是对爱情的诠释，也是对所爱之人的诺言，他兑现了。希伦在俩人金婚宴会上的讲话提到："老伴可以遮风挡雨；老伴是水泊梁山的吴用；老伴是身边可以随时呼唤到的人；老伴是人生的拐杖。"

他们俩的结合很感人，祝福他们相爱相伴再度过钻石婚、白金婚……

陈文林五十年前的诗中，有一首《长乐街》，我现录下，增添我对这条老街的记忆。

这青翠的山峦，
碧绿的流水哟，
这静静的小石街，
这两千年古老的集镇。

我爱你每一寸每一寸，
都留有我爱人的足迹；
我爱你的汨罗江水，
滋养着我爱人童年的梦。

长乐街，
我来了，
我是你永久的乡亲，
在你的怀里，
我将展开新的生命。

十七妹是小我 12 岁的亲妹妹，叫单小玲。1938 年生。从出生到 1953 年，一直与母亲相伴。她性格开朗活泼，能歌善舞。土改时，母亲被批斗，家里被抄家，她却是土改宣传队队员，到处宣传土改政策，未受到歧视，有时还受到优待，只要是她的东西，抄家者都不动。

1954 年前，我已结婚，转业地方，在南京市委农委工作。为了她的前途，把她接来南京读高中。不到一年，我的小家又调往山东济南，又把她带到济南，1958 年她在济南第三中学高中毕业。毕业后，又因家庭出身问题没考上大学，此时，正是国家大搞“大跃进”之时，我下放邹平县农村劳动锻炼，不在济南，没办法处理她的问题，遂建议她也先来到农村锻炼一下再说，她很愿意。我遂与下放在邹平县西董乡兼职为副乡长的老同志提出：让我妹妹来西董农业中学任教一年，不要经济待遇，我自掏腰包来锻炼。他们正需要教育人才，很痛快地答应了。

小玲来到西董乡，在农业中学、农业大学、民办小学一干就是十年。在此期间，因教学突出，多次被评为先进工作者，并获得一等奖金。她的丈夫是原来的高中同班同学，后考入山东师范学院，是华侨学生，毕业后分配到济南市立十四中当教员。1969 年，丈夫病重、去世，小玲才由组织照顾调回济南。

回济南后，小玲一直当小学老师，基本上年年因教学突出、有创造性而评为先进工作者、教学能手，并于 1984 年被吸收为中共党员。1985 年提拔为纬六路小学教导主任；并曾赴南京参加华东六省一市数学教学研讨会，提供教学经验和材料。退休后，发挥余热，担任区老年教育工作者协会理事，热心为老教师服务，带领老教师学唱歌、跳舞、办健康讲座等，因此，多次被济南市教委、区教委评为“老有所为先进个人”及“优秀党员”等光荣称号。她乐于国内外旅游，晚年生活过得潇洒、滋润。

她与前夫育有一女，叫单茜。再婚后，与现在的妹夫周樑（浙江美术学院，即现在的中国美术学院毕业，分配至山东人民出版社，现

▶ 十七妹单小玲与周樑夫妻合影

在的山东画报社，当美术编辑、副编审）也育有一女，叫周峻。两个女儿都没有机会考上大学。单茜高中毕业时正值“文化大革命”，她当过知青下过乡，回城后，在济南市瓷用花纸厂设计室搞设计工作，并被厂方选送中央工艺美术学院、广州美术学院进修，设计的作品得全国、全省设计奖多项。她与一下乡知青、部队干部子弟曲卫猛结婚，

▲ 小玲大女婿曲卫猛（右 1）、大女儿单茜（右 2）、外孙女曲姝雯（右 3）、小女儿周峻（左 1）、小女婿高萌（左 2）、外孙高瞻（左 3）

卫猛考上了军校，一直在部队干到大校军衔退休。业余他一直坚持书法、楹联、诗、画的创作，很有成就，在工作当地——南京较有影响。两人育有一女，名曲姝雯，自小成绩优秀，大学毕业后，保送南京大学读研究生班，已毕业两年，在南京兴业银行上班。2014 年与台湾青年范迪伟结婚。小女儿周峻，性格温和，与一企业公司高层管理人员高萌结婚，育有一子，叫高瞻，现读高中。他们陪护在小玲夫妇身边。

十八弟单希世，1940 年生，高中毕业生，一生务农。结婚后，育有一子。本人 54 岁即生病去世。

十九弟单安宜，二伯父母最小的一个儿子，1940 年生。才几个月就患天花，经过精心护理，性命保下来了，但一生体弱多病。五姐接他到沈阳读了初中，毕业后，正值动员青年学生上山下乡，他体弱，感到在北方下乡不如回老家劳动，遂回家务农。一生未娶，于 1994 年因病去世。

二十弟单希夷，1951 年生，正出生在大伯家多灾多难之时。他大概只读过小学，即出外打工，当过建筑工人等，后在镇办保险柜厂干

◀ 二十弟单希夷（中）与妻细娥（右）游济南趵突泉

销售工作。由于他能吃苦耐劳，活动能力强，慢慢地，销售工作干得顺风顺水。他和一个贤惠能干的姑娘黄细娥结婚，共育有一子三女。他俩凭自己的努力，培养了一个儿子单轶、一个女儿单禹成为大学生，现在长沙工作。二女儿单秀、三女儿单玉娟，也有工作和幸福的家。他自己在长乐镇盖了一栋两层楼房，日子过得红红火火，是留在老家的几个弟弟中最有成就的一位。

▶ 希夷子女：儿子单轶（前）、二女儿（后排左1）、小女儿（后排中）、三女儿（后排右1）

我虽然只有姊妹俩加一个过继的弟弟，算是一个小家庭，但我有十几个亲如一家的堂兄弟姊妹，算是一个大家族。几十年来，我们不断地书信联系，抓住机会见面，我这个小家就接待了十多个来自各地的兄弟姐妹们。他们都是平凡、普通的工、农、兵、学、商各界人士，他们都是遵纪守法、循规蹈矩、诚信本分、勤劳朴实的劳动者。我们这个大家族与国家共命运，与人民共呼吸，度过了重重难关，现在都过上了温饱甚至富裕的生活。

厚猛子传奇

——记一个远房叔叔

1997 年海潮出版社出版了一本传记《厚猛子传奇》。厚猛子是谁？他叫单先麟，乳名厚康，外号厚猛子。猛子的意思，我理解为：勇敢、大胆、有冲劲，甚至有点愣（冒失）。他是我父亲结拜的妹妹单先仁（我叫她七姑妈）的亲弟弟，也是我远房的叔叔。1947 年暑假，七姑夫张天福在上海高等法院任高职，我住过他家，这时厚叔夫妇也住他家。以前，我听说过他，但未见过面，这次，我算是真正认识了这个远房叔叔和婶婶任培辰，也看到了他打日本鬼子缴获的日本太阳旗。成立新中国后，我才知道任培辰婶婶是开国元老任弼时的亲妹妹。

建国后，工作忙，政治运动频繁，调动多，与厚叔只因了解父亲情况通过几次信外，别无联系，对他了解不多。1997 年，我和妹妹小玲正式回老家探亲，经长沙，专程去看望厚叔一次，但未见到任培辰婶婶，她已于 1995 年病故了。厚叔也已 83 岁，但精神矍铄、神采奕奕、思路清晰、动作灵敏，还亲自下厨为我做了一个拿手菜。他拥有一幢

20 多间屋的房产，是任培辰婶婶的叔父任理卿赠予他夫妻俩的。他利用这套房屋创办了长沙市红十字会中医门诊部，自己亲自行医，直至 2007 年病逝，享年 93 岁。

现介绍他的生平简历于下：

单先麟（1914—2007），湖南平江瓮江人，乳名厚康，1936 年毕业于湖南国术训练所师范班后，任平江县国术馆馆长，同年与任弼时的胞妹任培辰结为夫妻。1938 年入中央陆军军官学校长沙分校。历任抗日自卫团直辖队队长、国民党 95 师技术教官兼中医师。1941 年在耒阳开办中医诊所，获省政府颁发的中医证书。1943 年任平江县警察局长，因抗日有功提升为该县县长。1943 年 3 月与王震、王首道率领的 359 旅南下支队接上关系，正式参加革命。1946 年打入上海高等法院看守所，掩护党的地下工作者吴克坚等。1948 年赴解放区。新中国成立之后，历任米厂经理、医师、湖南省政协第五、六届委员，省政府参事。1997 年获“全国老有所为奉献奖”，1999 年重阳节前后被中宣部列为全国四个重点宣传典型之一。2004 年 4 月当选湖南省黄埔军校同学会副会长，2005 年 9 月应邀赴京参加海内外抗日战争暨世界反法西斯战争胜利 60 周年纪念活动，受到胡锦涛等党和国家领导人的接见。

厚叔人生的经历是有传奇色彩的。在抗日战争时期他利用国民党平江县警察局长、县长的身份，积极开展抗日游击战争，主动掩护共产党 359 旅南下北上；千方百计营救革命同志，与邪恶势力做顽强斗争的事迹，在原全国政协副主席、中顾委党委王首道为《厚猛子传奇》写的序言中有详尽的介绍，现摘几段记之。

◀ 开国元老任弼时与单先麟叔叔合影

“1944 年，日本侵略者的铁蹄再次蹂躏湖乡大地，平江是湘北的重镇，为历代兵家争夺之要地。由于国民党抵抗不力，据守在平江的第九战区副司令长官兼 27 集团军司令杨森部向浏阳逃窜，国民党平江县党政头目及各机关团体均尾随其后撤往浏阳。时任警察局长的单先麟也接到撤退的手令，但他决心为民族和家乡尽守土之责，毅然率部队从平浏交界处返回平江，以游击方式袭击日本侵略军，使长平、平通、平修三条公路不能通车，断绝日本人的粮食供应。他还利用人地熟悉的优势，在浯口、黄棠等地设伏，居高临下，击毙驻守平江县城的日军指挥官中支派遣军 8105 部队岗根大队长小林兴吉祥及以下官兵多人。除缴获十四年造的三八式机枪、步枪等不少战利品外，还从小林兴吉祥的尸体上缴获十四式手枪一支，曲式望远镜一个，日本军旗一面。旋即收复县城。1981 年，单将有关史料捐献给湖南省历史博物馆。其中，日本军旗为湖南省至今为止征收的唯一一面，在全国也是罕见的。由于抗日有功，单获记大功嘉奖，晋升县长。

1945 年 3 月，王震同志和我率 359 旅南下支队，经湖北通城进入

▶ 单先麟缴获的日本军旗

湖南平江地界。当我军进入平江县城的先一天，单先麟置生死于度外，违抗国民党当局死守平江之令，不与我军对抗，主动将所属驻守在县城的武装调出县城，因而我军没有付出战斗的代价就顺利地解放了平江县城。

在史无前例的‘文化大革命’中，单所缴获的日本军旗被造反派诬陷为‘汉奸’‘罪证’，遭受残酷迫害，坐冤狱达四年之久，但他始终坚信共产党。党的十一届三中全会后，党为他全面落实了政策，历史还原了他本来面目……”

平凡的一生

平凡、平常、平静、平安、美满、幸福等形容词，都可以在我一生中体现，我也都能感受。但它并不等于我的生活就那样平淡无奇，没有波澜，没有起伏。我觉得我的大半生，不论在抗日战争、解放战争时期，还是在新中国建立后的各种政治运动中，批电影《武训传》开始，批资产阶级人生观、文艺观，资产阶级思想和作风等，到三反、五反、镇反、肃反、反右、“大跃进”、批右倾、开展“文化大革命”，我都有过思想压力，紧张、恐惧、忧虑、委屈……但比起那些挨批斗、抄家、侮辱人格、关牛棚、坐监狱等惊涛骇浪的遭遇来，我的惊恐不安又算得了什么？所以我还是认为我的一生是平安、平静、幸福的。

动荡但温馨的童年

我有个善良、慈爱、理解我的好妈妈；爱我，充分给我自由的父亲。童年生活我虽在动荡中度过，但我经历了比较丰富的历程。从 5 岁到 14 岁，九年时间我跟着父母到过湖南长沙、湖北汉口、河南开封、洛阳、许昌、陕西西安、广东曲江（韶关）等地，别的方面有什么收获不说，但在小学课程中，我的地理、历史、语文课确实优秀，不用怎么死背，铁路线，城市方位，一般情况，我都能轻松对答，因为这里有我亲身经历和感性的认知。

八九岁的时候，我在湖南湘阴县长乐街——我的故乡度过一个春节，这时候，我们那条小街甚是繁华热闹，街上店铺一个挨一个，有百货店、食品店、绸缎店、杂货店等等。为了庆贺大年初一，有玩龙灯、耍狮子、踩高跷、跑旱船和扎故事等民俗活动。扎故事由各特色店，用轿子、地排车扎成的小舞台，如绸缎店用各色绸子结成绣球、彩带披挂在轿子上，杂货店则用粉条、红枣、莲子等穿成帘子挂在地排车上当布景，里面将化了妆、穿着戏服的小孩扮成戏曲人物，摆着姿势站在轿里、车上，让人抬着、推着游行。一路上，锣鼓、唢呐、鞭炮齐鸣，声音嘈杂，热闹非凡。我当过被人抬着的戏曲人物，也当过热心的观众。有一次，为了看这个热闹场面，我竟忘了我是站在店里取物的高凳上。当时看久了，累了，想靠一靠，这一靠，我从高凳上跌下来了，后脑左部跌了一个包，还破了，流了不少血，当时哭得一塌糊涂。80 多年了，至今头上的伤疤还在。

没想到 80 年后的今天，舞龙、踩高跷、跑旱船、扎故事等文化娱乐活动，竟被国家承认为“国家级非物质文化遗产抬阁故事会”称号之一。从家乡侄子传来的视频中看到，当年高跷只有一米左右高，现在发展到三四米之高，真有点惊心动魄。

▲ 10 岁时在西安

电脑中有一段对汨罗长乐抬阁故事会获国家级非物质文化遗产称号的介绍：2012 年首届长乐民间文化艺术节暨国家级非物质文化遗产长乐抬阁故事会授牌庆典活动正月十二在汨罗长乐镇举行。汨罗市长乐抬阁故事会源于隋唐，盛于明清，由元宵闹花灯演变而来，是一项集惊、奇、险、巧于一体的传统民间杂技，并集表演、彩绘、历史、天文、地理、文学、民情、时代精神等为一体的独特的、古老而又神秘的民间行为艺术。故事会分为地故事、地台故事、高彩故事、高跷故事四大类，分上、下市街故事会。

其特点是以民间历史故事典型代表的突出人物、事件、画面为镜头，通过人与道具的完美结合，配以会旗、彩旗、横竖牌匾、彩灯、油筒、威风锣鼓、乐队等，再配以玩龙（彩龙、火龙）、舞狮、彩莲船、腰鼓等，通过上、下街一来一往对垒，以比的形式来吸引观众。

1936年我10岁时，跟妈妈与8岁的妹妹在西安，住在一个大杂院里，突然来了几个扛枪的兵，说是东北军，来搜查中央军的，妈妈紧张地把我和妹妹带到邻居家躲避。这几个兵在院中随便看看就走了。几十年后回想起来，这就是轰动全球的"西安事变"，而我却这么平淡地经历过了。

不知隔了几天，父亲的部队调动（他是什么部队，我们都不知道。我们到一地，并不住在部队里，而是在市里找房子安家）。我们坐在火车的统舱里到了洛阳，住进一个小旅馆里，我这时突然发高烧，请来一个老中医，拿一根短短的小针，在我的大拇指上扎了一针，挤出来一滴深红的血，好像不一会儿就退烧了，几天病也好了，后来才知道我是得了麻疹。

在洛阳待的时间不长，就到了开封，在这里我上了小学，还到过龙廷等古迹胜地游玩。1937年，抗日战争全面开展，妈妈带着我和妹妹回到了湖南老家长乐街。这时两个伯父和十多个堂兄弟姐妹都团聚了，这是一个快乐难忘的团聚。但不幸的是，10岁的妹妹——八妹，因肺结核病死亡，给妈妈莫大的打击，这也是我第一次见到死亡，整个家庭是阴森森的……

长乐街离粤汉铁路汨罗站有50多里，汨罗站是汉口到长沙必经的一个小站，抗日的炮火离老家不远，为了我们几个堂兄弟姐妹的安全，又不耽误学习，就临时把我、五姐、九弟等送到几十里外的平江单家祠堂附近的一个小学学习，为我们几个孩子专门请一个人照顾和做饭，吃住都在祠堂里。这个祠堂，听说是我们的爷爷捐出100担田修建的。

一天，传来噩耗，日本鬼子来了，要大家快往山上跑。跑着跑着，人都跑散了，只剩下我和九弟，我跑不动了，靠着山上一棵大树坐下。九弟说他身上还有一个口哨，我说："快丢了，不然被抓起来，发现你是学生更不得了。"九弟舍不得，但还是丢到一个草丛里。一会，听有声音传来："日本鬼子上山了。"我马上就站起来想跑，九弟这时又从草丛里拣起口哨，塞进口袋，和我跑离了此地。算起来，九弟那时候才七八岁。

不久，妈妈又把我和刚出生不到一岁的妹妹带到一个大表姐婆家躲鬼子，这里是平江一个更深的山区。大表姐家的房子过去也是一个大财主的，总之可以住几十户人家。表姐夫有个弟弟，是个中学生，大概有十四五岁吧，平时没事干，就刻皮影人物（用的是硬纸片），晚上召集几个小孩坐在拉起的白布前，他独自牵拉着刻制的"皮影"人物，自说自唱着一句句戏文，皮影人物打来打去，我坐在白布前，看着、听着、吃着妈妈在柴草做饭后的灰烬余火中，用瓦罐焖的大米、红薯（地瓜）烂饭，真是满足和快乐。

这样平静的日子没多久，我们又回到了老家长乐街。时局更加紧张，这时父亲又有了消息，说是要我们去广东韶关（曲江），并接奶奶同往。二伯妈为了安全起见，要我们把九弟带走。奶奶有点积蓄，我曾看见她把一些银元，一个个装进一条白布做的长腰带中，把带子系在裤腰上。

在韶关没有上学，父亲把我和九弟送到一个郊区部队难童收养所，这里都是一些七八十来岁的男女儿童，生活军事化，统一的士兵服装，衣、食、住都是免费。早晨起床后，集体到驻地小河沟边洗脸、漱口。这时已有点寒意，水冰凉冰凉的，我很不适应，大概不到一个月，父亲就把我和九弟接回去了。也就在这个时期，我大吐血病倒了。

由于日本的飞机不断地在城市上空轰炸，城里人都搬到乡下住。很多有钱人在城郊用竹子盖了几间住房住下。奶奶把她的积蓄，拿出部分交给父亲，也在市郊盖了几间住房。我被诊断为肺病，单独住了一间房子，卧床休息，但我此时还偷偷地看弄到的书和翻译小说。

时局动荡，日军不停地轰炸，父亲的工作好像又有变化。听说二伯父全家已移至湖南湘西的安化县桥头河镇，省里有名的大、中、小学校也陆续迁移该地。如湖南师范学院迁至蓝田，湖南省立第一中学（高、初中班）、第一小学等迁至桥头河。五姐已随第一中学到达该地，后来听说她这个 14 岁的小姑娘，托同学找关系，在桥头河镇附近找到一个富农家的房子，将全家搬过去的。得到这个消息，奶奶、妈妈带着我和九弟，还有一岁的小妹妹，来到安化桥头河郊区和二伯父母会合，同住一个院中。这房子也真大，大概有四五个天井，除房东一家和他们家的亲属外，我们住了他们四分之一的房间。一个天井周围，二伯父母家人多，住了三间共 50 平方米的房子，奶奶住了一间 15 平方米的房间，我家三人，住了两间共 30 平方米的房间，一间当卧室，一间是客房兼厨房、杂物堆放室。所谓厨房，即靠窗的地上，用砖围成一个火盆，烧柴火或木炭，从房梁上吊一根有挂钩的铁链，烧菜挂一口铁锅，做饭吊一只瓦罐，烧水就换一个铁壶。不做饭时，冬天就是一个火盆，一家人围着烤火取暖、聊天，非常简单、方便。

这时，我已经14岁了，读了五个小学还未毕业，于是插班进了湖南省立第一小学（这是第六个小学）。家里离学校大概有十来里路吧，小学不能寄宿，我只好走读，一天早出晚归，一个人走在荒郊野地上。一天黄昏，我走在小山坡上，发现有一只瘦瘦的狗跟着我，我停它也停，我走它又跟着走，我见它没有攻击我的意思，望着我是那种哀哀的、怯怯的眼光，我不害怕，也没赶它走，就这样走走停停，跟着我到了家。妈妈说："这只狗饿了。"于是拿了点剩饭喂了它，后来不知怎么把它打发走了。我们养不起狗，也不喜欢养狗养猫，到现在我对养狗养猫还是很反感。我看过的书上，就提到过一些资本主义国家，家庭养的小狗，有专门的高级食品，住的、用的都是高级的。而那里的穷人，食不果腹，衣不蔽体，人不如狗，可见一斑。我们的国家正处在战乱中，贫困的人无数，我家母女三人逃难在外，父亲音讯渺然，我真不知道妈妈怎么能做出一日三餐？当时看到有同学穿黑布裙的，我想要一条，但做不到。小时候，任性、爱哭、乱发脾气的我，这时也不强求强要，有什么穿什么，有什么吃什么，很乖。

好个中学时代

1940年夏，小学毕业，我考入了湖南省第一中学初中班，这时可以住校了。学校头两年只招女生，最后一年，全班40来学生中，又招了十几个男生。

▲ 在湖南省第一中学

省立一中校风正，师资强，我现在还记得我的语文老师是李淑一，她短发，戴着一副宽边眼镜，身着旗袍，30多岁，比较严肃。直到解放后，我才知道她是革命先烈柳直荀的夫人，毛主席著名的词《蝶恋花》是为和她的一首词而作；历史老师沈先生，一个年老体弱、慈祥的先生；体育老师李畹华，年轻活泼；还有一位男的音乐老师，教我们唱的歌都是流行的抗日歌曲，如《义勇军进行曲》《游击队之歌》等等。学校还有一个固定的活动，每学期放寒暑假前，都要办一个晚会，各班出一个节目，戏剧、音乐、舞蹈、诗朗诵等。我从小学开始，就是文艺活跃分子。5岁进长沙楚怡小学起，就上台跳过舞。因妈妈常提起，我记得有一次上台跳的舞叫《可爱的春天》，我饰演的是一只小蝴蝶，穿着短衣短裙，背上还背着一只纸做的花蝴蝶。在跳舞时，我的小裙子掉下来了，我不慌不忙，将掉下的裙子拾起丢往后台，毫不在意地继续跟着扮演蜜蜂、花朵的孩子们跳下去。从小不怯场，喜欢各种文艺活动，于是在初中三年的六个晚会上，每一场都落不下我。因都是女生，如果剧中主角是男的，我就演那男的，剧中主角是女的，我就演女的，因此还闹出一些笑话和尴尬之事。

有一次，我演的是一位男性，剧本名字忘了。演完后，我从后台下来，跳跳蹦蹦回到化妆室，一进门，撞见一个有两撇小胡子、穿着黑色西装的中年人，把我吓了一跳，仔细一看，原来是自己映在门口穿衣镜里的形象。

因为是女校，又都是些14至16岁情窦初开的小姑娘，我演了几次男角，居然有女同学写信向我表达意思，有的在我床头放下笔记本之类的礼物，有的递纸条约我晚自习后见面，这都把我吓坏了。晚自习后，我都约好同班几个女生一起回宿舍，不敢独自行走。

因为正是抗日战争时期，我们唱的歌，内容都是抗日的，那戏更离不开抗日。印象特别深的是两个小话剧，一个好像是剧作家田汉写的，里面有一支主题歌叫《梅娘曲》，写一个华侨青年回国抗日，奋战在前线，脑子受了重伤，在后方医院养伤时，昏迷中依旧大声喊着：

“前进！”“杀！”等口号。他爱人梅娘赶来护理他，声泪俱下地唱着《梅娘曲》，唤回了他的记忆。总之，当时看了这种感人的、浪漫的、具有爱国主义精神的戏，非常激动，久久不忘。另一个小剧叫《代用品》，剧中只两个人物，都是日本人。一个日本军官受伤后，回到日本家中养伤，一进门，见一老妪开门迎接，他一愣，问他的妻子呢？老妪回答：“上前线去了。”他无可奈何地坐下，结果摔倒，原来凳子是坏的；他气得一拍桌子，桌子也塌了；他再拿什么，都是摆着像个样，但都不能用。老妪说：“这都是代用品。”他悲愤绝望之余，找出他过去灭老鼠的药服下，老妪说：“这也是代用品。”这是一出讽刺剧，意义深刻，说明日帝在外张牙舞爪，其实国内已经济空虚，民不聊生。我们一些女生还自不量力地演过郭沫若写的多幕剧《孔雀胆》，到底因为各方面的不足和不成熟，这个剧的演出是失败的，剧没演完，同学们都陆陆续续离座，回宿舍睡大觉去了。我演的女主角阿盖公主，见此场面，也提前喝毒药死去，闭幕。

由于我爱好文学，不仅课余时间，连上课时间都偷偷阅课外读物，见到什么看什么。巴金的《家》《春》《秋》；冰心的《寄小读者》；古典文学《红楼梦》《西游记》等；翻译作品《福尔摩斯侦探案》、《一千零一夜》等。读文学作品，使我遐想联翩。晚上仰望天空，繁星闪烁，明月晶莹，我就想到牛郎织女、嫦娥奔月，就想知道宇宙的秘密，产生了学天文学的思想；文学的魅力，深邃的思想，形形色色的故事、人物，当一个文学家多么好。如果能在一个幽静的森林中，写着一个个感人的故事，那可是最美妙的生活，于是我想学园艺，在一个园林中，过着写作的生活。后来我真在一个女子农业学校读过半年书，但不是为了写作，而是为进入国立艺术专科学校做铺垫，这是后话。

初中三年的岁月是在与世隔绝的偏远山区、荒凉的小镇上度过的，除掉上课，看有限的课外读物，参加每年两次的晚会节目排练外，没有别的爱好与娱乐。体育课上，跳高是我头疼的事，一跑到跳高杆前就停下了，不敢跨过那根最低的杆；排球发球、接球都震得手疼；打篮球跑不快，只是一个人投篮还比较准，但我喜欢给人讲故事。

暑假期间，家人、邻居和孩子们都齐聚在大院子里乘凉，这时有十几个小孩围着我，听我讲故事。我记忆力很好，口齿也清楚，能把故事讲得有声有色，常常被小朋友缠着一个故事一个故事地讲。奶奶在旁边听着，久了，就劝小朋友说："不要叫她讲了，讲话累人。"当时我不以为然，觉得一点儿也不累。可到了最近几年，快 90 岁了，我才体会到"说话累人"的感觉。

到现在我认为我是一个无神论者，虽然小时候也怕过"鬼"，胆子也不大，但是我那时就了解人类是由猿猴进化而成的，地球是圆的，飘浮在宇宙中；星星是各种陨石从太阳星球的光芒中反映出的亮点。在我十四五岁时，大年初一到十五，我和小伙伴玩起一个"扶乩"的游戏。就是从初一黄昏开始，拿来一个木制大水瓢，在瓢把上用大人包头的黑纱缠上一只竹筷子，在缠好的把上插上一朵纸做的红花，然后在瓢背上盖一块红布。将瓢置于一个存放大米的长方形木盘中。盘子放在一张小桌子上，盘前摆了香和蜡烛。我和七妹站在小桌两旁，两手手掌托起水瓢，口中念道：

"瓢把姑姑瓢把神，瓢把姑姑有灵神，今日请，今日临。

问得年成[1]好，赏你一件红棉袄，

问得年成差，送你一枝花。”

唱罢，瓢把上绑着的筷子在摆平的大米上就转圈似的动起来。我觉得我没动，就说：“七妹，你怎么动起来了？”七妹说：“我没动呀，是你动的。”我们都很奇怪，继续玩下去。旁边的人问什么，筷子在大米上写着字胡乱回答，问的什么，写的什么，我都忘了，但有一次我记得很清楚。在玩时，一个女孩进来了，不知谁问了一句：“进来的是谁？”托着的瓢把筷子居然在米盘上画了一个女孩的头，头上还画了一个蝴蝶结。七妹不会画，我又没画，只是手跟着瓢把动，这到底是怎么一回事呢？就这样，我们玩到元宵节这一天。奶奶说：“快把瓢把姑姑送走吧，不能玩了。”我们这才放了一挂鞭，将花、头纱、红布样样取下，收拾好摊子。这个玩意儿只玩过一两个春节，后来从未玩过，到现在我仍觉得它是一个谜，得不到解答，但以后也没那个心情和时间去求得解答。

---

①年成：一年之中的庄稼收获情况。

为选择理想学校奔波

1944年初，父亲来到桥头河把妈妈和妹妹接去长沙。我初中尚未毕业，所以没跟去，直到暑假前毕业，才和几个家在长沙的同学租了一条小船沿湘江来到长沙。这时父亲是长沙水陆交通检查所上校所长，还有一个副所长及其家属和一个小女孩，十几个检查员和士兵。住在一个两层大楼房中，家眷住楼上，楼下是会议厅和办公室。这个暑假除白天仍看我爱看的书外，晚上就是看京剧，大概是剧团天天送票给所里吧，我得以晚上看戏，京剧折子戏我知道得挺多，就是这一个月的收获。

我不想读高中，主要是不想学数、理、化。我想直接进入我理想的学校：艺术学校、农业学校。父母不勉强我，帮我打听有关学校在哪里。经打听，说辰溪有个农业学校，正好父亲结拜的第七个姑妈单先仁和姑夫张天福，就在从长沙搬迁到辰溪避难的湖南大学任教和工作。于是我毫不犹豫地坐船赶到辰溪，住进了湖南大学七姑妈家里。七姑夫是英文教授，福建人，虔诚的基督教徒，父亲是牧师。三兄弟娶了三个国家的妻子，大嫂是瑞士人，二嫂是日本人，姑妈是第三，是中国人。住下后，进一步打听，农校只招男生，不招女生，怎么办？七姑妈留我住下复习功课。这时各校已招生完毕，回家也没事干，于是就在七姑妈家住下了。七姑妈只有一个儿子，叫张存谦，当时只有六七岁吧，是个很听话的孩子。有一天，不知做错了什么事，姑妈罚他下跪。我进屋里时，看他跪在床上。罚孩子跪床，我还是第一次见，也是唯一一次看到。建立新中国后，表弟自学成才，在英语上很有造诣，在湖南教育学院任外文教授，还到美国当过访问学者。

▶ 七姑妈单先仁、七姑父张天福、表弟张存谦

七姑父母很热情，并关心我的社交问题，决定要在一个星期六晚上在家中为我邀请十来个他们认为很优秀的大学生开个茶话会。这时我才是个初中毕业生，没有学上，寄居他家，心中没有着落，根本对这种浪漫的事不感兴趣。到周末下午，我就独自离开姑妈家，在校园里闲逛，估计晚会已结束，我才悄悄地回到姑妈家。他俩正在收拾桌椅、茶几、扫地，见了我，没说什么，我也没吭声，这件事就这样无声无息地过去了。回想起来，我对早已逝去的两位老人对我的关心、疼爱，

抱着感激、怀念之情。幸好20世纪七八十年代，我两次接七姑夫来家住过（七姑妈去世较早），算是稍微表达我对二老孝敬之心吧。

不久，长沙告急，日寇已进入湖南地界，父亲急召我回长沙和家人一起逃难。

我赶回长沙，匆匆地跟着他们的检查所往西北方向的湖北、四川撤退。我是跟着逃难的，互不相识的人群在公路上走着，很疲劳，走不动，又没有伴，不能交谈。妈妈和妹妹好像坐的是“滑杆”（一张竹椅，两人抬着），我没跟在他们身边。不知走了几天，晚上就住在逃难走空的公路旁的房子中过夜。一天晚上，我疲劳地躺在一个像是学校宿舍的学生板床上，一阵凄厉的警报声响了起来，接着躲轰炸的人群争先恐后地跑过。我没动，一会儿声音沉寂了，我还是没动，我累极了，脑子很平静，不紧张，不害怕，想着听天由命，丢炸弹就丢去吧。就这样躺着，动也不动地躺着，直到警报解除。

到了湖北三斗坪，长江边上的一个小码头，我们停下来了，这已经是1944年的下半年了。一天，父亲告诉我，重庆有个艺术学校，你愿意去试试吗？我当然愿意，他还说：重庆你还有个五姑妈，你可以先借住她那里。五姑妈也是父亲的结拜妹妹，他哥哥李崇诗是父亲的结拜弟弟。父亲是家中的老三，这个李崇诗就是四叔，四叔的妹妹李湘兰就成了我五姑妈。我不怯生，不几天，我一个人坐江轮去了重庆。

五姑妈家人不少，自己一家夫妇俩，还有两儿两女。最大的是女儿，约7岁，第二个是男孩，约5岁，第三个是女儿，约两三岁吧，最小的儿子一岁多，后来知道她还有一个大女儿留在沦陷区上海。五姑妈还有一个妹妹叫李崇敏，我叫她细姑，还有一个弟弟，她们俩都有工作，早出晚归，都住在五姑妈家。这是一栋三层楼，坐落在繁华的闹市区，楼层里可能还有别的人家，但我没遇到过。五姑妈家住的是二楼，朝南一间卧室很大，又当会客室，也当餐厅，北边楼梯旁有一小间，放下一张双人床就差不多满了，这是细姑的房间，我来到，就和她同住。小叔住在三楼阁楼里，除吃饭外，基本见不到他的人影。

▶ 赴国立艺专考试途中，右为细姑

经过打听，确实有个国立艺术专科学校，校址就在重庆郊区沙坪坝不远的盘溪。沙坪坝很有名，当时的中央大学、重庆大学都搬迁在那里。在盘溪的艺专，学制分三年制、五年制。高中毕业生考上了学三年即毕业；初中毕业生考上了要读五年，前两年学素描、写生和文化课，第三年与新考上的三年制学生合班，分西画、国画、雕塑、应用美术四个系，三年后同时毕业，均为大专毕业生。

听到这个消息后，我高兴极了，但当时是冬天，不招生，要等到夏天才招生，还有半年多时间，我决定先另找一个学校读插班，好好复习一下功课。于是又打听到重庆歌乐山女子农业学校，我报名插班学习，很顺利。

在这里，我回顾一下我为什么那么热爱戏剧，而不去戏剧学校深造的原因。想想，主要是一种旧礼教思想作祟，总觉得一辈子当演员不如当一个美术工作者清高。演戏只能当作业余爱好，不好作为职业。总之，这只是在那个年代，一个青年的天真、无知的瞎想吧。

我知道用功了，知道考不上艺专，我的前途茫茫。我开始背语文，复习数学，还跟着学遗传学等农业知识课。一学期下来，我因成绩不错，竟获得半公费的奖励（学杂费只交一半）。在这个名不见经传的小小学校里，我奠定了中学学业基础，还获得了最珍贵的友谊，70 多年来我念念不忘的好友李少琦。用现在的话说，她是我一生中第一个闺蜜。

第一个闺蜜

李少琦身材适中，不胖不瘦，皮肤白皙，脸型是东方美女型的，性格温和，是一个端庄大方的青春少女。我们同住一间几十个上下铺的大宿舍，我俩的床紧挨着。她也是插班进来的，我们一交谈就很投机，以后就形影不离了。

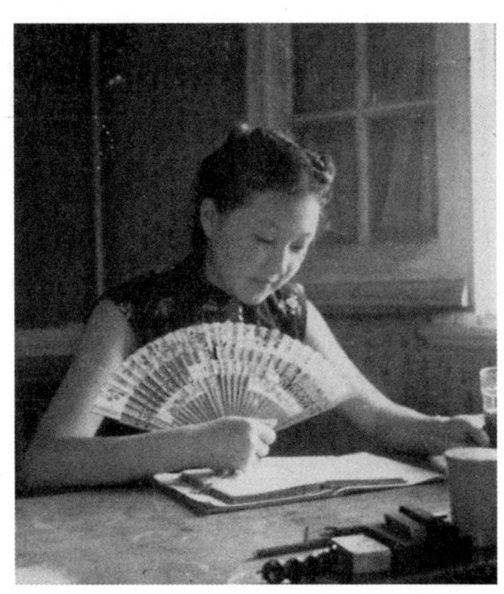

▶ 20 世纪 40 年代的李少琦

开始我并不知道她身世显赫，只知道她家就住在歌乐山，每星期日都回家。一个星期日，她要邀请我去她家玩，我同意了。一进大门，一幢古色古香，有大客厅、大院落的房子展现在我眼前。别的细节我都忘记了，只记得在楼上有地板的客厅里，坐着一个穿着中式服装的老人，他口齿不清地和我打招呼，后来不知怎么叫我唱京剧。我是会唱几句京剧，就没推辞，大大方方唱了一段《苏三起解》。在我唱的时候，老人手在椅背上敲着鼓点，并在我唱的中间，学着戏中狱卒的对话，开导着苏三，配合得还很好。这个老人是少琦的父亲，是鼎鼎大名的辛亥革命的元老，孙中山先生的同盟者李烈钧老先生。

没有特意打听，从少琦的口中知道，她有六个哥哥、一个姐姐、一个弟弟。姐姐第六，她第八。又一次去她家，正值她姐姐要出国读书，请了裁缝在家给她姐姐做衣服，绫罗绸缎都有，主要是做旗袍。按当时外国的礼节，齐脚跟的旗袍是晚上穿的，叫晚礼服；膝盖下两寸长的旗袍是白天穿的，非常讲究。

1945 年暑假，我考上了国立艺术专科学校，虽和少琦分开了，但她家也已搬到重庆市内，她也离开了农校，星期天，有时我也去她在重庆的家看望她。冬天，她父亲去世，我在她家看到吊唁签名簿上首页，有蒋介石、蒋宋美龄的签名。1946 年夏，我随学校搬回杭州原址，她全家也搬回上海曾是法租界的马思南路一座四层楼的别墅居住。1946 年至 1948 年五个寒暑假，我起码有三个寒暑假在上海她的家中度过。她从农校出来就未上过学，在家中陪伴母亲，学弹古筝，请家教学英语，定时到一个学习班学美术，过着充实、优雅、半传统的小姐生活。这时她家不再是大官、大资本家，只是一个遗老、富裕的寓公。家中也只有母亲、一个哥哥和弟弟，另有一个厨师和一个清洁工吧，其他哥哥、姐姐都在国外学习。

寒暑假我们在一起，并不出外闲逛，平时谈天说地闲聊，她学习，我看书，有时在她家草坪中画画水彩，过着平静的假期生活。一天，聊到舞厅的事，感到很神秘，很好奇，想去看看舞厅，这事被另一个在上海原农校同学知道了，就提出由她哥哥带我们三个女孩，去一个星期天下午有学生专场的舞厅看看。于是在约好的那天下午，我们四人分坐两辆双人坐的三轮车到了一个舞厅，坐在楼上观众席上，能看到楼下的舞池。跳舞的人并不多，伴唱的都是学生打扮的年轻人，自由献唱。好歹见到一个真正的舞女，她浓妆艳抹，眼眶涂了蓝色的化妆品，身穿紧身旗袍，就她比较突出，她嚼着口香糖，东张西望，毫不经意。我们没跳舞，坐不多久，就打道回府了。

少琦对我无话不说，记得是在1947年的春天吧，突然接到她寄来的一张汇款单，要我去上海她家，有要事相商。我拿着她给我的旅费赶到上海，以为有什么了不起的事哩，原来是她收到一个不熟悉的男性给她写了一封信，不知如何处理。事情的起因是这样的：少琦一星期要去美术班学习一次，去时要在公交车站等车，等车时，好几次由于少女的敏感，总觉得背后有一双眼睛在注视她。时间久了，她忍不住了，当目光又一次在背后出现时，她突然转过身大声问道："你老看我干什么？"那人猝不及防，赶紧默默地走了。此人戴一副眼镜，知识分子打扮，很老实的样子。下一次，又在公交车站，此人又来了，没说什么，默默地交给她一封信。就是这封信，她把我从杭州叫到上海。快70年了，我还记得那封信上开头几句话的意思：你是太阳，我是月亮，是你的光芒照射着我，我才能发光和感到温暖……整篇空空洞洞，没写出什么实质性的问题。我要她别在意，不要理他算了。后来好像弄清这个人是已经结婚了，他把她只当一个“神”在心中存放着。就这么简单的一件事，弄得少琦心神不安，向我求教，可见少琦是个多么单纯可爱的女孩。

1949 年上海、杭州解放前夕，她给我来信说要去香港，从此我们断绝了音讯。1950 年，我所在部队文工团戏剧队调至上海电影制片厂拍电影《海上风暴》，我抽空试探着去马思南路她家看看，还真见到了她母亲，得知她在香港与国民党海军某舰艇一舰长结婚。20 多年后，1984 年，我因要写长篇小说《画苑风雨情》，到杭州收集资料和采访当时的同学，并到上海探亲访友。当时报载她二哥已回国，并被任命为上海国民党革命委员会副主席，我马上找到了他，了解少琦的情况。他很友好，要我用普通信封信纸写封信交他，他过几天就要去美国，将亲手将信转交少琦。我高兴极了，热情地写了一封信交去。她二哥还送我一张少琦夫妇俩五寸的彩色生活照，我国当时还没有彩照，我将随身带的一张二寸黑白半身照放在信中。不久，她二哥转来了她送我的照片，并附言说，少琦接到我的信很高兴，对他讲了一些和我的往事。但她没给我信，只在照片背面写了一句圣经：“我一生要赞美耶和华，我还活的时候，要歌颂我的神。小璜存念：少琦 1985.3.22 于美国。”从此到 1990 年，她陆续给我寄来过五张照片，没有信，都是在相片背面写句圣经，比如：“主啊，求你使我嘴唇张开，我的口便张扬赞美你的话。”“踏入信和静的深处，才能听见主的声音，我们的神是说话的神，哈利路亚！”“想念你小璜。”……有一张站在舰艇

▲ 1989 年少琦在美国

栏杆边，对着望远镜的照片，背后写道："能望见我的好友单小璜吗？主，你能愿主的救恩快快照到她。"就这样，我们没有倾诉离别后的生活遭遇，没有交流 40 多年来思想变化，我只在 1990 年夏天陪老伴去卢山疗养时，找到她曾提过她们家在卢山有过的一幢别墅。别墅门前挂着一块铜牌，上刻"李烈钧故居"，我站在门前、侧面，各照了一张相寄去，就再也没和她通信了。后来我在报上看到报道她小弟弟的文章，才知道她留在国内的小弟弟在"文革"中受到不公正待遇，大概她还心有余悸，再因为她先生是国民党高级将领，政治身份特殊，怕和我有文字来往，给我带来麻烦。事实上，大陆改革开放后，形势已大大改观，她弟弟也已被任命为中国国民党革命委员会副主席，她的顾虑可以消除了。我因为已知道她健康、美丽依在，生活美满幸福，不通讯也亦安然，在内心中互相祝福吧！

艺专四友

1945 年暑假中，我从五姑妈家来到盘溪艺专驻地，被介绍给在校几个老同学，请他们帮助补习功课和练习绘画。那时的考生根本不像现在的考生有如此好的根基。素描、国画能来两笔就不错了。

文化课考得还可以，考业务课时，监考老师摆上了一瓶黄色的野菊花，我看到那排列整齐的小花瓣，不知如何下笔。正为难时，无意抬头望到考场窗外，有同学举着画有花瓣的图纸晃来晃去，我领会了，于是按照窗外展示的画法画了起来，顺利交卷了。

考试完那天正是 1945 年 8 月 15 日，是日本帝国主义投降的日子。黄昏至夜晚，学校沸腾了。操场上架起了篝火，留校师生，投考学生，约一两百人，围着篝火欢呼，拉着手乱跳。锣鼓敲起来了，鞭炮放起来了，狂欢的场面使人心激动，有的在哭，有的在笑，这些学生大多是从沦陷区独自跑出来上学的，四川本地人不多，我也是逃难来的，但我才参加考试，还不知能不能录取，我的激动包括着对今后的担忧，对未来的茫然，当时的心情是复杂的。

不久即收到录取通知书，9 月初赶往学校报到。学校设在一个大院墙内的大民宅中。女生宿舍是在大院侧面一个小院里，有几间房忘记了，我住的一间有四张上下铺，住了六个女学生。这六个女学生中，有三个和我在四年艺专学习中从未分开过的好同学、好朋友、好闺蜜，她们使我终生不能忘怀。一个比我大四岁的陶敏，一个比我小三岁的毛芃苓，一个比我小四岁的奥特华。我们年龄相差七八岁，性格迥异，爱好也不相同，但我们相互依赖，团结和谐，无话不说，从未闹过矛盾。我们都是五年制的学生，开始两年，同一级同一班，出入从不分开。同学们传言：看到了第一个，就知道后面还有三个。

陶敏，四川丰都人，从小跟随留学日本的父亲在国外生活，十多岁才回国，父亲是个教育家，在家乡开办中学。她高中时就学南开中学，

▲ 陶敏（左 1）、奥特华（左 2）、单小璜（左 3）、毛芃苓（左 4）

因有病，身体弱，耽搁了学习，遂来考艺专，她性格温和，言行稳重。两年后，学校分科时，她和我同选应用美术系。

陶敏因自己年龄偏大，在校时就和一高班同乡同学谈恋爱，而且在 1948 年男朋友毕业时要和她结婚，我们三个她的好朋友一直都不同意她的婚姻，主要觉得这个人太平庸，不配陶敏，于是三人想办法破坏他们的感情。于 1947 年唆使她去上海同济大学找曾追她的男同学谈恋爱，她好歹听从了，曾去上海一次。几天回来后对我们说："朋友就是朋友，进一步发展感情不可能。"我们没辙了，只好顺其自然。寒假她要回老家办婚礼，但她没有几件像样的衣服，我们三人考虑送她一件礼物，于是就凑钱给她做了一件白色羊毛半长外套。我花去了妈妈给我急用的一个小金戒指。

1948 年寒假，他俩回四川老家后就没再回校。1949 年 5 月杭州解放后，我们留下的三人到不同部队参军，从此失去了联系。

我们同吃、同住、同学习近四年，这份感情是珍贵的、难忘的。近 40 年风风雨雨后，我们将在繁忙的工作岗位上退下来了，开始找我的老朋友，重拾记忆。经过辗转打听、寻线索、找关系，终于在 1983 年找到了陶敏的踪迹，并与她联系上了，我邀请她来济南见面。她于年底来到，我亲自到车站接她。没有变，一眼就能认出来，她还是那么恬静，我紧紧地握着她的手，在车上，她轻轻地说了一句："湘女多情。"经过交谈，我知道了她一生坎坷，去掉客观因素不说，直接原因，苦难还是来自她自己选的、我们反对的她的丈夫。

陶敏的丈夫叫高志山，人还是憨厚老实的，1948 年回到家乡四川涪陵后，在一中学当美术教师，1950 年政治运动中被诬陷是反革命，判了刑，发配去新疆劳改。1962年刑满释放。陶敏带着一个女儿赶去新疆和他见面。此时的他已被摧残得不成样子，失去了工作能力，在家做饭、搞家务。陶敏被分配到新疆建设兵团某子弟小学当外文教师，1963年又生了一个男孩，一家四口就靠陶敏一个人负担。当地食宿条件极差，冬天气候冷到零下30度。1983年高志山得到平反，他打算办手续回故乡安家，路途中突发脑溢血病故。从此陶敏就在新疆定居了。可惜的是，她生活刚安定不久，相依为命的女儿又因病离她而去。幸好她儿子很争气，考上了大学，被招聘到石河子市政府部门工作，结婚后，得一龙凤胎。20世纪90年代，她因家事又回内地一次，很高兴来济南和我相聚十来天。晚年，她和儿、媳、孙辈同住，虽病痛不断，但活到92岁，不谓不高寿。她的高寿，与她的性格、修养有关，她心胸辽阔，外柔内刚，从不自怨自艾，对夫妻之情坚贞不渝，真是一个典型的贤妻良母，我敬重她。

▶陶敏于2008年86岁时

毛芃苓，浙江奉化溪口人，是蒋介石的老乡，和蒋介石的原配夫人毛福梅有无同族关系不详，但她父亲却是蒋介石机要室的主任。当时我们对同学的家庭背景都不在意，只知道她有个姐姐和弟弟，她母亲已与父亲离异。她单纯可爱，没有娇小姐的派头和脾气。我们每天一起上课，业余一起出外写生、游玩。我和芃苓个头差不多，她有的衣服我穿很合适，她就给我穿，我们从未以一点小事引起过摩擦，我们的友谊那么平和自然。1949 年春，她参军到 21 军某师文工队。年底，我在浙江宁波 22 军文工团与她相遇。她看到我哭了，说她们师行军频繁，她累坏了，要求调到我所在部队，和我在一起。当然调动是不可能的，我只有鼓励她和安慰她。好像是 1954 年，我们在杭州又遇到过一次，这时我们都已转业。她谈起在部队与一师参谋长申请结婚之事，因她父亲的问题和社会关系复杂未被组织批准，她说她不在乎，当时态度确实很平静，并表示离开部队后，决心继续学美术。后来她没回到艺专，那时艺专已改为浙江美术学院，她被分配到无锡一美术学院继续学习，自此我们联系中断。

“文化大革命”期间，可能已是 1970 年了吧，两个来自贵阳外调组的同志，向我了解毛芃苓的情况。我如实谈到毛芃苓单纯、与父亲没有联系等事实。说起来，我谈的还不如外调同志向我说毛的情况多。他们说：毛芃苓在无锡美院毕业后分配到贵州艺术学院任教，“文革”中曾去过香港边境，想外逃，那位参谋长曾资助她 100 元等等。啊，我意识到他们想弄清那位参谋长的问题，这些事我哪里知道 。就这样，调查人员两手空空走了。我心中担忧，毛芃苓呵毛芃苓，你一定遭到不少麻烦。

1983年，陶敏来济要走之前，我们试探着向贵州艺院给毛写了封信，终于她来信了，非常惊讶我和陶敏怎么在一起。以后虽有信联系，但始终未能见面。1996年传来她去世的消息，而且传说是不正常死亡。

在历次运动中她受了多少委屈我不知道，她的婚姻有多少不如意我猜测不到，改革开放后她去了美国，和父亲相聚了几年，1990年还是回国了。她有丈夫，有女儿，但她还是得了抑郁症，放下一切，一个人静静地走了。据她丈夫给陶敏的信中说："她曾表示，不要活得太老了，人老了太苦太累。"

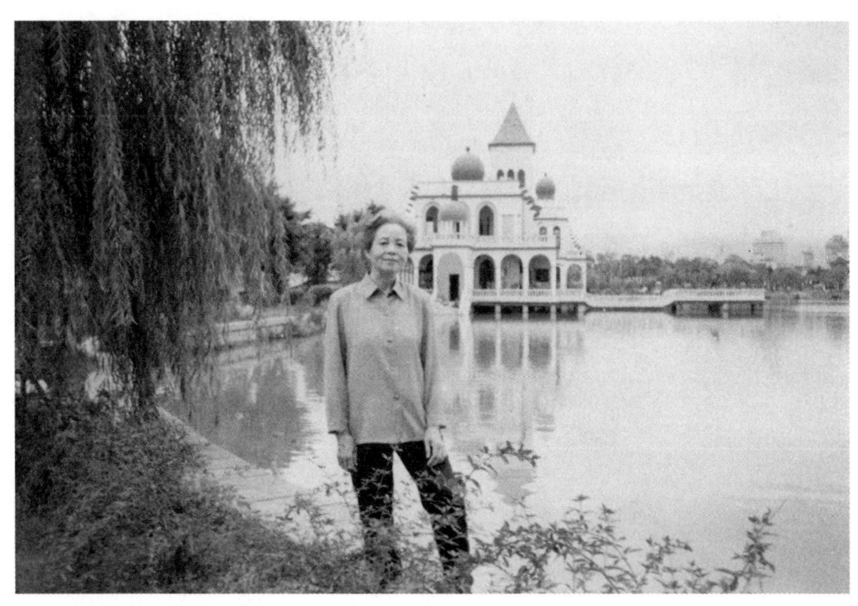

▲ 毛芃苓于1995年65岁时

奥特华，是不是南京人，不知道。在重庆时，她家在重庆，学校搬回杭州时，她家在南京。她爸爸是文化人，与鲁迅先生有交往；她妈妈学过美术，但没参加工作。她有一个弟弟和妹妹。她性格活泼、开朗、豪放。稍胖，一身男孩打扮，短头发，翻领或圆领球衫，束腰长裤，走路蹦蹦跳跳。同学们不分男女都爱跟她开玩笑、逗她，拿她当小朋友看待。外号很多，小皮球、瓜瓜等。

开始两年，我们的学习、生活都很正规、平静。1947 年，在 “上有天堂，下有苏杭”的内外西湖，孤山脚下的校园里，瓜瓜也开始谈恋爱了。她的男朋友不是本校的，而是距杭州几十里的笕桥空军军官学校学员，她南开中学的同学。我之所以写她这一段恋爱，是因为它改变了她的命运，她迎来了糟糕的一生。

1949 年 5 月杭州解放，学校乱了，原来分为进步的、中间的、反动的三派学生,前两种不少参加中国人民解放军了,当然也有的回家了，有的留校了；后一种有的跟去台湾了。奥特华原来是属于中立的，不大关心国家大事，但她在一股冲动下也跟着参军了。我们参加的部队不是一个系统，后来听说她到部队后，由于任性自由惯了，受不了约束和艰苦的生活,几个月就自动回到了学校。此时学校和以前不一样了，老同学已不多了，新来的不认识她，也不了解她，有的甚至瞧不起她。她受不了了，便从舟山群岛偷渡去了台湾，找她的恋人去了。我们之间也就音讯杳然。

1957 年 5 月，《人民日报》头版，报道了台湾人民出现了反美浪潮，并有奥特华身背女儿、手举抗议招牌出现在美国大使馆前的传真照片。

奥特华照片和名字的出现，使我一头雾水，我关心这一事件，极想了解奥特华的情况，原来事实是这样的：

奥特华到台湾后，没找到自己的恋人，而与同为空军军官的刘自然结了婚。据《晚年蒋介石》一书中有一节“五二四反美浪潮”中介绍："刘自然是阳明山革命实践研究院的职员，他于 1957 年 3 月 20 日夜被美军顾问团上士雷诺枪杀于美军住宅区。刘遇刺后，台湾警方对此案无能为力，地方法院也奈何雷诺不得，其重要原因就是美国在台官兵及眷属享有外交豁免权。雷诺只能由美军的军事法庭审判……

"但在 5 月 20 日至 23 日美军驻台协防司令部军事法庭审判雷诺案件时，竟以'正当防卫'为由，宣判雷诺无罪。当时美军司令部还决定将雷诺及家属送回美国……

"当雷诺被判'无罪'后，台湾的民众愤怒了……5 月 24 日上午 10 时 15 分，刘自然妻子奥特华手举抗议招牌出现在美国'大使馆'前。牌子正面用中文字写着'杀人者无罪吗？抗议美国军事法庭不正当、不公平的判决！'

"奥特华的抗议行动引来了众多的围观群众。美国'大使馆'出面干涉遭奥特华拒绝，台湾警方劝诱也未奏效，围观人越来越多，并得到民众普遍同情。当台湾广播电视台记者抵达现场要求奥特华为全台湾同胞讲讲心里话时，奥特华对着麦克风失声痛哭着说：'难道一个美国士兵便可以肆意杀人，而一个中国公民的生命却不值一顾？''谁无父母？谁无丈夫？谁无子女？美军当局如此不讲法理，草菅人命，在台湾的美军何止数千，如果打死一个刘自然可以宣告无罪，则今后势必将有第二、第三个以至无数的刘自然的事件出现，我国人的生命和人权可说毫无保障。''我今天在这儿，不光是为无辜的丈夫作无言的抗议，我是为中国人抗议，除非，美国人给我们中国人一个满意的答复，我是不会离开这儿的。'

"奥特华声泪俱下的控诉，触发了围观民众蓄积心中的反美情绪，

6000多围观群众齐声喊‘打’。有人向美国‘大使馆’投掷石子，继之数百人冲进‘大使馆’乱打乱砸，汽车被掀翻烧毁，星条旗被撕碎践踏，躲进地下室的‘使馆’官员也未能幸免拳脚相加。愤怒的群众高喊‘美国佬滚回去’等口号。……

“6月1日，蒋介石专为五二四事件发表文告，宣称此事件给了他‘莫大刺激’，是他一生中‘一件莫大的遗憾’……”

奥特华就是这么一个敢恨敢爱敢干敢为的人，有她独特的性格。

◀奥特华1992年61岁时在巴黎

在长达40多年中，我还为她托付我保存的两枚纪念戒指担惊受怕，一枚是她在南开中学的毕业纪念品，一枚是她原男友送她的空军军官学校的纪念戒。戒指并非金银制品，而是一般金属，既是她的心爱之物，又重托我来保存，所以我当宝贝似的藏着掖着，直到“文化大革命”，我连父亲的照片都不敢保留时，曾想把戒指丢掉，甚至融化掉。丢过一次，但又捡了回来。这件事由陶敏、毛芃苓传到已在美国定居的奥特华耳中。1998 年 8 月 29 日奥特华来信提到：“真的很想念你们，我们那时在一起的和乐、友爱，是后来再也没遇到过的，我常在怀疑难道现在社会就没有纯洁真挚的友谊了？还有，我得很慎重和敬佩地谢谢您，居然替我保留了那么久的托付，那二枚戒指也因此加重了它的价值，您想这种友谊和责任感，是无价的呢！当时他们告诉我这件事时，我只是想到别再劳累您再保管下去了……后来想想这是多么让人感动、难能可贵的事啊！像是小说里的情节，也是乱世出忠信呢！（开玩笑）我是衷心谢谢您，而不知怎样谢才好。戒指没什么价值，但是现在不同了，那上面有您的情在，所以我还是想要它……”

不久，她给我寄来了一个包裹，内有一条浅褐色大披肩和一个真皮小钱夹。我按照地址也给她寄去一个包裹，内有杭州的一件丝绸衬衫和一把小扇子，当然还有那两枚戒指。物归原主，我的心轻松了。

她没有再婚，身患糖尿病等疾病，情况不太好，不愿意和祖国人们联系。去美国的老同学最后都打听不到她的消息，她已经在我们的眼前消逝了。

陶敏曾对我们四人的性格做了概括：

小璜是热情的，瓜瓜是出奇的，

毛毛（芃苓昵称）是安详的，我是冷静的。

“复员”前奏

艺术专科学校是国立的，所以经费由国家负担，贫困学生可以申请公费。公费分两种，全公费和半公费。全公费，即免收学费、杂费，食、住学校全包，半公费即一半自费。在老同学帮助和指点下，我写了一张全公费申请书，书写家庭沦陷、没有经济来源等，结果被批准了，四年在校，家庭只负担我一点零用钱。

开始，学校过得还很规律和平静，上午画素描，主要画石膏像，下午有理论课，如色彩学什么的，星期六下午我即赶去重庆市内五姑妈家，星期日从上午到下午，赶三场电影，午饭就买个面包在电影院边吃边看，黄昏时赶回学校。那时的美国电影还是很不错的，《魂断蓝桥》《战地钟声》《居里夫人》等等，《出水芙蓉》也开始放映。

在平静、正规的学习中，我也感觉到这个学校不一般，小礼堂、走廊上常常出现一些墙报，如叫《嘉陵江》《漫话漫画》的，发表一些针砭时局、讽刺社会的小杂文、小漫画，有的同学公开看《新华日报》

（此报系中国共产党办的）。有次学校组织“反苏游行”[①]，规模很大，全市大、中学都要参加。艺专在游行前一天就公布，“无故不参加游行者停餐一天”。陶敏因身体不好，在医务室开了假条，她可以不去。我们三个对反苏游行不理解，对去有些勉强，不去又没有理由，就商量跟着去，到了市里就溜出游行队伍，到奥特华家中去玩。跟着队伍到达市里后，还真前后溜出了队伍，在别的路上，还看到了不少离开队伍的同学，相视会心一笑。

除参加过反苏游行，还参加过旧政协成立大会，在会上看到被国民党政府控制的特务、打手捣毁的场面。看见民主人士李公朴先生等有名的学者被打手殴打的惨景。我这个有着正义感、有着打抱不平的性格的女青年，开始意识到，艺专不是象牙之塔，学校里暗潮涌动。

抗日战争是胜利了，结束了，老百姓要的和平安定的生活是否就要来了呢？我考虑不多。不久，传来国民党政府要迁都回南京，我们学校也要迁回北京和杭州。国立艺专是原来的北平艺专和杭州艺专在抗日时期合并而成的，抗战胜利后，仍改为国立北平艺专和国立杭州艺专，学生可以自由选择到北平还是杭州。大多数的同学，包括我们四个好朋友都选择了杭州。

1946 年还是春寒时节，国民党大小官员纷纷收拾行装，乘飞机、坐轮船离去。五姑夫不知是什么官，全家居然能坐飞机搬迁。走的那天，我跟着细姑去送行，来到飞机场，候机室人头攒动，声音嘈杂，出行

---

① 借苏联出兵东北反日的行动，国民党污蔑苏联侵略我国，煽动学生游行。

者都穿戴整齐，甚至有些豪华。五姑妈身披咖啡色剪毛绒长大衣，半高跟鞋，脸上涂脂抹粉；小表弟一身毛呢猎装；两个表妹一身连衣裙，外披毛线外套，两条小辫上都扎着蝴蝶结，真像是衣锦荣归。还有一些大概都是接收大员的家属。

接下来，重庆市街头变卖家具、杂物的小摊多了起来，都是准备回曾沦陷过的家乡的老百姓。他们有的坐轮船、民船，有的坐大卡车等交通工具。我班有个男同学就画了这样一张画：飞机上坐着接收大员，窗口露出一只吐着长舌的猎狗；江中驶着满载人员的轮船；岸上公路上有大卡车、小汽车；接着是推着独轮车，肩扛大包，手拎小包，拖儿带女，扶老携幼，艰难地步行着的各色人等。真是一幅活生生的现实讽刺漫画。

◀给细姑当伴娘

在五姑妈走后，细姑要结婚，她要我做她的伴娘。伴郎原要细姑的一个姓黄的外甥来当，但他拒绝了。好像细姑的婚姻，五姑妈等家人都不赞同，所以走的走了，有的婚礼也不来参加。我不知就理，只听细姑的，她叫我当伴娘我就当。那天，我穿上了细姑为我准备的伴娘礼服，和新郎新娘照了相。这张照片我至今保存着。这是我第一次也是唯一一次给人当伴娘。

在我去到重庆考上艺专前一段时间，细姑对我照顾有加，亲自送我去盘溪艺专校内考试。我知道她的婚姻不美满，但不知道她以后的去向，我没有忘记她。

几个异性朋友

我很乐意结交朋友，不论是男的女的，只要谈得来，就能交往下去。

1946年学校搬迁，我没随学校走，而是和母亲、妹妹回到家乡长乐街旧居。房屋依旧，但家具基本没什么了。我住的一间房，有一张床，帐子是打了补丁的，还有一张旧书桌，但我生活得很愉快、充实。堂兄弟姊妹都团聚了，我又有一个在重庆书店打工的男同学不停地给我寄来书籍。如鲁迅、巴金、艾青、田间等的诗文；高尔基、托尔斯泰、肖洛霍夫等的翻译作品，我都手不释卷地日夜阅读。当然，有时我也和堂姊妹们到镇外路边走走。一次和大姐在村边小道上，遇见了两位男青年，是兄弟俩，住在邻村，不知怎么我们攀谈上了。他们一个叫黄由义，是湖南省立师范学院的学生；一个叫黄粹纯，是湖南大学的学生。互相介绍后，谈得很投机，他们邀请我和大姐去他们家做客。来往过两次，一次他哥俩来我家，我已知道黄由义是五哥，黄粹纯是六弟。五哥喜文学、音乐，于是请他唱歌，他没推诿，走到大厅旁一房中，关上门，高歌一首《夜半歌声》，声音嘹亮，情绪掌控得也很到位，有点专业水平。暑期后，各自回了学校，他哥俩都与我有信来往。五哥大概比较积极参加学校的民主运动，所以我们的通信内容，都是说的各自学校的民主运动进行情况和日常学习、生活趣事。时局越来越不稳，我们一年多的通讯慢慢地中断了，从此再无联系。

由于学校搬迁，安顿需要时日，开学很晚，好像延至 10 月了吧。我从家乡坐火车到汉口，在大伯妈家住了几天，又从汉口坐轮船到南京，去看了一下五姑妈。这时我在重庆认识的大同，即父亲结拜的四弟，我四叔的大儿子，他和两个弟弟二同、三同住在南京一幢别墅里，一个厨师为他们做饭，他父亲则和继母住在上海。在重庆时我们就已经熟识，他和我同年，比我小几个月，是南京金陵大学的学生，我把他当弟弟看待，他要请我住他们兄弟家玩几天，我答应了。他会开车，带我游了中山陵、紫金山等地。1947 年，他到杭州看过我一次，我也陪他游了西湖和其他景点。这以后也因局势问题断了联系。

新中国成立后，1954 年秋，我调到南京市委农委工作，曾收到一封三同的来信，写的是杭州国立艺专的地址，艺专传达室将信转至我曾待过的部队番号，部队又转至我转业的舟山地委，舟山地委又转到南京市委我的手中。信封布满了邮戳和转交地址的笔迹，可见当时各单位收发邮件的同志和各邮局工作人员的认真负责的精神。收到这么一封辗转而来的信，我激动兴奋了一阵。信写得很简单，只是了解我的情况并致以问候。可喜的是，寄信的地址就在南京某水泥厂。我马上打电话和三同联系上了，约了一个时间见面。我和三同不太熟，1946年南京相处几天时，他才十五六岁吧，没什么印象。约定的那一天，我在南京市委大门外花坛等候，待一见面，出现的不是三同，而是大同。我感到意外，但非常高兴，我们就在大门口谈了起来，问到他的近况、他的父亲。他告诉我：他父亲带着他的继母和他们的孩子们，还有二同去了香港，他在南京邮电专科学校教书，已结婚，有个女儿。正谈着，我单位一个副处长从我们身旁经过，我见他们俩互相点头打招呼。我问大同："你们认识？""我们是金陵大学的同学，他当时是学校地下党支部书记。"以后，我曾问过这位副处长："李厚青（大同学名）在校表现怎样？"他说："不问政治，一个公子哥儿。"我放心了。以后又见过两面，我叮嘱他好好学习政治，关心群众文化。1956年我调往山东济南，从此关系又断了。

"文化大革命"期间，1968年我参加山东省毛泽东思想大学校到惠民劳动、学习时，一天，连部通知我有外调人员找我。我去到一间民房里，有两个年轻人坐在那里，见面就问我认识李厚青不。我当然说认识，但多年未联系，不了解情况。结果是他们给我讲了很多，说：李厚青的父亲在香港，他在此期间去香港见过他父亲一面，因此组织上怀疑他是特务，"文化大革命"中批斗了他，他始终未承认，后来自杀了。并告诉我，他交代的材料中，对我的评价很高，所以他们来核实一下。我为大同黯然。

在沪、宁一带我父亲朋友的子弟中，也有对我有好感的，但他们都是学法律、理工的，与我志趣相差甚远，只和他们保持普通朋友关系。他们的父母，我叫伯父、伯母的，说我"眉毛长得太高"，当时我不知其意，后来才知道是说我眼眶太高，看不起他们。其实那时我还谈不到眼眶的高低，在我心中还没有什么标准和打算，只凭感觉和人作一般交往。

在校内接触多一点的男同学也有两三个，当时的激情、浪漫随着局势的变化而烟消云散了。

多姿多彩的艺专社团生活

从南京到杭州坐的是火车，大概我发了电报给陶敏等，晚上到达杭州火车站时，三个好朋友都到车站接我，抢着给我说新学的几句杭州话，什么“莫老老”等，听得我莫名其妙，她们则高兴得哈哈大笑。

学校就坐落在里外西湖、孤山下，面对路边的哈同花园、平湖秋月景点，还有湖中的湖心亭、三潭印月。白堤从校门口通过，经岳坟（岳飞墓）、苏小小墓转苏堤。校区小巧玲珑，进校门一个小院，后来在其中盖了一座长形的画廊，画廊后是礼堂、教室，教室后是男生宿舍。女生宿舍则在校门口旁一个小操场后边，是一座两层楼房。三个好友帮我拿着行李上了楼，到朝南的第二间宿舍门口停下。室内有五张单身木板床，一边三张床，一边两张床，中间是五张三屉书桌，行李箱子就放在床底下。我们四人又住在一间宿舍里了。

1947 年暑假后，我们分系了，奥特华和毛芃苓学西画，我和陶敏学应用美术，即现在的广告、书籍封面、花布、瓷器等等的设计。说实话，我当时和大多数同学一样，在风景绚丽、湖光山色、学食无忧的天堂生活中，自在极了。除正常上课外，我开始参加学校内组织的社团活动。社团很多，有剧社、合唱团、诗朗诵班、壁报、音乐欣赏会等等。我喜欢戏剧演出，不知谁邀请我在学校演曹禺写的话剧《北京人》，饰演的是女主角愫芳。导演是本校李朴园教授。戏演出后，口碑不错，还在杭州市内某教育馆公演过。后来听说这是三青团组织的，我内心有点忐忑、悔意。不久，遇到同班同学姓蒋的，他轻轻地对我说："你喜欢演戏，到我们剧社来吧。"我知道他指的剧社叫艺专剧社，是一批进步同学组织的，不久前演出过曹禺的《雷雨》，影响不小。艺专剧社成立于1929年，早年曾演出过《茶花女》《西哈诺》《半上流社会》等中外名剧，轰动宁、杭一带。抗战时期学校内迁中，演出《放下你的鞭子》《三江好》等抗日短剧。现在当艺专剧社要安排演高尔基原著《底层》，柯灵、师陀改编的《夜店》时，我参加了。要我饰

▶演话剧《夜店》中"林黛玉"一角

演的是一个落魄的妓女，她对现实无奈，只好沉迷在阅读《红楼梦》中，故外号“林黛玉”。这个角色对我来说非常不易。饰演小妹一角的李瑞玉同学在国立艺专出版的回忆录《烽火艺程》中写过这样的一段话：

“……在这些成功的演出中，还应提一提我们这一代年轻人对真善美的执着追求和对艺术的认真态度。记得我们剧社在排练《夜店》时，单小璜同学扮演‘林黛玉’，这是一位处在社会最底层、受尽欺凌侮辱的可怜的妓女，要一个十几岁的生活在杭州艺术天堂的女孩来演这样一个角色，大家都替小璜感到为难。也不知谁出的主意说：‘湖滨公园晚上的野鸡（妓女）多，我们不如去看看，体验体验生活。’于是我们几位‘女星’在一个星光灿烂的夜晚，兴冲冲而又鬼鬼祟祟地沿着湖边来到公园里，在昏暗的灯光下，到处找‘野鸡’，但谁也不知道哪个是‘野鸡’。有的提议分头去找，总会找到的。于是我们在公园里瞎转，还是一只‘野鸡’也没找到，只好打道回校了……”

《夜店》在当时进步戏剧中很有影响，排戏中剧社特别请来当时全国戏剧界名人当演出顾问，有熊佛西、田汉、洪深、应云卫，浙江大学教授张君川导演。剧中表现的人物是小客店独眼龙老板、老板娘、受虐待的女儿，房客中有修鞋的、卖馒头的、拉黄包车的、戏子、落魄的少爷、妓女、小偷等底层人物，他们在社会的压力下，在同一的命运下挣扎求生，但总逃不出命运的魔爪。有人评价：“这个四幕话剧只有一个简单的场景，但由于演员的出色表演，反映了底层人民苦难悲惨而又充满人性的丰富复杂的人生，十分感人。”《夜店》在学校大礼堂公开演出了近一个月，场场客满，观众大多是大、中学校的学生，他们远道而来又连夜赶回去。杭州当地报纸对演出评价很高，对我们的演技都有好评。

1948 年，我还参加了果戈里的《钦差大臣》的排演，因学校干涉，未能上演。

学校进步社团，除艺专剧社外，还有水手合唱团、诗朗诵班、《漫画漫话》壁报、木刻研究会等。我经常参加的除了艺专剧社外，还有水手合唱团、诗朗诵班。

水手合唱团成立于 1947 年秋，它实际上也是学生运动的产物。它排演的第一个节目便是《黄河大合唱》。“水手”这个团名，寓含着这个团要有黄河里的船夫（即水手）那种敢于冲破恶风险浪去夺取胜利的精神，要有挽救国家危亡而奋不顾身的英雄气概。《黄河大合唱》于 1948 年元旦在学校大礼堂晚会上首次向杭州群众公演。合唱中，时而声声倾诉，一片深情；时而激昂慷慨，气势磅礴。台下时而鸦雀无声，屏声凝息，终而掌声雷动，不忍离去。合唱演出成功，接着又排演了冼星海的《生产大合唱》，在 1948 年 4 月国立艺专 20 周年校庆晚会上演出。这两个大型合唱成为水手合唱团的保留节目，多次在本校大礼堂、浙江大学广场、杭州青年会等演出。

水手合唱团，最主要的还是教演群众歌曲。我们经常唱的有《团结就是力量》《你是灯塔》《向太阳向自由》《唱出一个春天来》《茶馆小调》《古怪歌》《你这个坏东西》《山那边呀好地方》《薪水是个大活宝》等等。当时杭州的学生，哪里有集会哪里就有歌声，你拉我唱，此起彼伏，形成歌声的海洋。记得春天的时候，上海的交通大学、上海剧专、育才学校等师生到杭州来春游，与我校举行联欢，当唱起这些歌时，大家就仿佛相识已久的朋友。

▲《生产大合唱》中的农妇们

▲ 民间歌舞部分演职员在学校大门前合照

在 1998 年中国美术学院 70 周年纪念时（国立艺术专科学校是其前身），在回忆录《烽火艺程》中，我写了一篇短文《团结就是力量》。文中开始我就提到：

“唱歌也是我们当年学生在运动中与敌人斗争的有力武器。……最难忘记的是在浙江大学广场公祭于子三烈士的追悼会上唱的《团结就是力量》这支歌，它使我深刻体会到歌曲的战斗性。”

于子三是当时浙江大学自治会主席，突然被国民党特务杀害。1948 年 1 月 4 日，杭州市各大、专、中学进步学生要抬棺游行，被反动军警围困校内。校内学生与校外军警僵持不下时，突然一伙便衣打手拿着狼牙棒、铁棍，从大门冲进来，对着要游行的学生们猛打。打伤了不少学生，又撕毁了旗帜和标语。在学生们反击下，打手才跑掉，但有几个被学生们抓住了。被抓的打手在学生的逼问下，交代了自己的身份，原来是一些无业游民，以每人得 5 万元法币的报酬冲进来打学生的，后台当然不言而喻。同学们知道实情后，义愤填膺，此时我也在场，我也压不住心中的怒火，跟着大家激昂地高唱“团结就是力量！团结就是力量！这力量是铁，这力量是钢，比铁还硬、比钢还强，向着法西斯开火，让一切不民主的制度死亡！……”浑身凝聚着一种从未有过的战斗豪情。

歌曲内容很丰富，大多是禁歌，只能偷着唱。于是在一个星期天下午，我们齐聚栖霞岭紫云洞开了一个茶会，一首接一首唱起了平时不能唱的歌。有一支歌叫《茶馆小调》，叙说性的，描述了老百姓的心情，我现将它记下：

“晚风吹来天气燥啊，
东街的茶馆真热闹，
楼上楼下客满座啊，
‘茶房，开水’叫声高，
杯子、碟儿叮叮当当叮叮当当响啊，
瓜子壳儿噼里啪啦噼里啪啦满地抛啊。
有的谈天有的吵，
有的苦恼有的笑，
有的谈国事啊，
有的发牢骚。
只有那茶馆老板胆子小，
走上前来细声细语说得妙：
‘诸位先生，生意承关照，
国事的是非千万少发表，
谈起了国事容易发牢骚啊，

引起了麻烦你我都糟糕。

说不定一个命令你的差事就撤掉，

我这小小的茶馆贴上大封条。

撤了你的差事不要紧啊，

还要请你坐监牢。

最好是今天天气哈哈哈哈，

喝完了茶哪回家去睡一个闷头觉，

睡一个闷头觉。’

哈……满座大笑，

‘老板说话太蹊跷，

闷头觉睡够了，

越睡越糊涂啊越糟糕，

倒不如大家痛痛快快地谈清楚，

把那些压迫我们剥削我们不让我们自由讲话的混蛋，

从根除掉！’”

那时诗歌也很流行，在学校“三八”妇女节晚会上，我朗读了艾青的诗《火把》；在“五四”青年节晚会上，朗诵诗表演《向民主小姐求爱》。这些活动，都是团结进步学生起来参加“反内战、反迫害、要自由、要民主”的正义行动，是反对邪恶的一把利刃。参加这些活动我热情很高，几乎全身投入，对美术这门正课倒放在第二位置上。

1946 年到 1948 年，我参加的学生进步活动，除校内的一些社、团活动外，简单地统计一下，对外的有前面提到过的 1946 年 2 月在

▶1949 年在校参军前夕

重庆校场口 20 余团体为庆祝政协的成功的会议，我看到了国民党特务、打手捣毁会场，打伤大会主持人李公朴、郭沫若及新闻记者 60 多人的暴行；1947 年 1 月 1 日，我参加了杭州七所大、中学校 3000 多人因“沈崇事件”（北大女学生沈崇被美军强暴）抗议美军暴行的示威游行；5 月 24 日，参加了为抗议国民党发动内战，迫害进步力量，全国掀起“反饥饿、反迫害、反内战”的示威游行；1948 年 1 月参加了浙大自治会主席于子三被国民党杀害后的衣冠葬；12 月参加了学生组织的“救饥救寒”运动，去街头、饭店募捐，三天募捐，我得了第一名，奖励了我一条白毛巾。9 月 17 日夜，杭州宪兵队来校逮捕了五位同学，之后时日，我参加了营救工作，直至 1949 年 1 月，蒋介石下野、李宗仁代行总统职权的形势下，被捕同学才得以保释出狱。被捕五个人中，有一个就是画“复员”群像的漫画的同级同学，

▲ 欢迎五位被捕学生归校

他假期给我寄很多书，业余时间和我谈文章、论读后感、学西画。解放后，我们见过面，通过信，始终保持着好朋友的关系。

迎接解放，踊跃参军

1949 年 4 月，全国更加动荡不安，共产党的军队英勇奋战，节节胜利，甚至已占领了南京，准备渡江。学校已经停课，有些学生陆续回家，有的三青团员匆匆离校。我的三个好朋友，陶敏早已于 1948 年结婚回老家四川去了，我、毛芃苓、奥特华决心不离校，参加进步学生成立的“应变会”，保卫学校。在寝室里准备了棍棒等防身武器，抵御国民党散兵游勇和其他反动分子抢夺破坏。有的同学架着梯子画毛泽东、朱德的巨幅画像，准备迎接杭州的解放。对共产党的到来我思想毫无顾虑，只是有点担心父亲离开大陆。这时上海的好朋友李少琦来信告诉我，她要去香港，要我回老家去，我未理会。

5 月一天中午，我们正睡午觉，忽听到一片沸腾，说解放军已进入杭州，西湖断桥处已出现了解放军。我们蜂拥着赶往断桥，只见不多的解放军三三两两坐靠在断桥两边，非常疲惫。杭州的解放，没费一枪一弹，就这么平静地换了朝代。

几天来，有解放军某部团长来校讲话，宣传政策，安抚民心。随之新华书店来人在画廊摆了一张长桌，摆满了解放区出版的书和小册子，我没坐下来读，只是翻了翻。其实我迫切想知道的是解放区人民的生活状况。在迎接解放军大批部队进城时，我们围着解放军问这问那，以为他们是解放区来的，一定知道得很多。结果大失所望，他们没回答我提出的任何问题。后来我才知道这大批的战士是新参加部队的和刚从战场上解放过来的俘虏兵。我太无知了，几年内战，接连打仗，老解放区的兵，不是提拔，就是牺牲了，哪有几个打到江南的老战士呢？

解放杭州的部队有 21 军、22 军、23 军等下属的部队，这些部队文工团需要人才，都派人暗自动员艺专学生参军。一天黄昏，我初中的同学张丽（她于 1948 年高中毕业后考入艺专）找我说，浙东四明山游击队文工团一个叫关鹏的副团长（当时电影界很有名的喜剧演员关宏达的弟弟），来动员一些学生参加他们的队伍。张丽认为这是地方部队，活动范围小，她身体不好，参加野战军怕吃不消，约我参加这个部队。我一心参军，没想那么多，只想到参军后，解放了全中国，我再回来读完最后一年的书，哪个部队都行，于是就同意了。毛芃苓、奥特华也要参军，要和我在一起，当时我想得很浪漫，说："我们分开吧，20 年后我们再相聚，说说各自的经历，那才有意思哩！"

杭州解放一个星期后的清早，我床未铺，杂物未收拾，带了漱洗用具，换洗衣物就和张丽跟着关鹏踏上了旅途。登上去绍兴的长途汽车时，才发现还有两个男同学蒋公权、陈远义同行。陈远义曾在艺专剧社演《雷雨》时饰演周朴园一角，蒋公权一直负责舞台的灯光，他的外号叫“蒋灯光”，他就是动员我参加“艺专剧社”的那个同学。行车中途，蒋公权还在某车站发走一篇稿子，题目是《林黛玉参军了》，记得后来这篇稿子在某报上还真发表了。蒋公权参军后改名蒋楚明。

四明山游击队其实就是浙东纵队，是南京、上海、杭州等地大专院校进步学生投奔革命的首选地方。先我们而到的艺专学生自治会主席王礼贤就在文工团，见到他感到很亲切。当时的5月，天气还凉，晚上还得盖被子，我什么也没带，幸好张丽还带了一床被，我就和她共被而眠，都睡在稻草铺的地面上。没几天，就染上虱子，大家叫它“革命虫”，我不害怕，也不嫌弃。再就是，这个文工团的成员，前后来的都是学生，爱好、习惯和学校差不多，很快我们就适应了这里的生活。

文工团正在排演大型话剧《李自成》，我刚到，负责管服装，我从未干过这一行，但我服从并接受了这一任务，而且在服装设计上，因陋就简，搞了个小发明。在剧中当官的帽子上，中间要安块玉，玉从哪来？我用一块白硬纸板，涂上淡淡的灰绿色，然后用玻璃纸包住，钉在帽子前边中央，演出时借灯光的反射，像玉一样闪烁着亮光。

在绍兴待了不到两个月，文工团调去宁波，这时部队已改为二军分区，文工团马上要与野战军22军文工团集训。集训时有五个团队，大概近200人。一队是22军文工团，二队是64师文工队，三队是65师文工队，四队是66师文工队，五队是二军分区文工队。就在集训前，蒋公权、张丽和我被调到野战军22军文工团，成了一队的队员。

这时，蒋公权向党组织亮出了身份，原来他是艺专的地下党员，在军文工团公布职务时，他被任命为美术分队的分队长。他也闹过一次笑话，一次在某任务评功会议上，念他自写的评功条件时，他念道：“工作忙时吃不上饭，只能以烧饼、油条充饥。”老同志都笑了。烧饼、油条，在老同志看来这已经是美食了。后因为他有病，不久即转业回杭州，在地方工作不久即病故了，可惜。

三年文艺兵生涯

22 军全名为第三野战军七兵团 22 军，她是一支英雄的部队，文工团是这支英雄部队的文艺队伍。她在战火中诞生，硝烟里成长，高歌行进在英雄部队的行列中。出滨海、转鲁豫、跨长江，来到浙东。我 5 月参加浙东纵队文工团，8 月就被调入 22 军文工团，同时调来的还有五人。调来前，我看了 22 军文工团演出的歌剧《白毛女》、秧歌舞、腰鼓舞，好极了。这种形式的歌舞剧我从未看到过，也震撼了我，使我强烈地产生了战斗的激情，真正感到了自己成为一个可敬的解放军战士。

▲ 1950 年军装照

在这个战斗集体中，强调文艺为政治服务，为工农兵服务，特别突出为兵服务。11 月为配合部队向广大指战员做解放舟山群岛的战前动员，文工团赶排歌剧《刘胡兰》，我饰演了刘胡兰母亲一角。这个剧在不少海岛上巡回演出。岛上没有公路，条件极其艰苦，舞台到一处搭一个，布景、道具、服装等，都由全体团员自己扛、抬、背，灯光是用的汽油灯。条件虽差，但演出效果极好，战士们看后，斗志昂扬，老百姓从几十里外赶来观看。演出中，群情激奋，“替刘胡兰报仇！”“解放全中国！”的口号声此起彼伏。

▲ 1951 年摄

离本岛定海的岱山岛，条件更差，很多同志水土不服，上吐下泻，但都坚持演出。有一次演到刘母给刘胡兰上坟一场时，有几个群众演员同时上场，其中一个扮演老大娘的同志，哭得比平时更厉害，眼泪、鼻涕一把一把的。我感到奇怪，下场后问她：“你怎么今晚哭得那么伤心？”她说：“我肚子疼。”真叫人哭笑不得。

在岛上演出，常常碰到台风、大浪，幕布被吹上半空，我们在幕前表演，后台同志就坐着、躺着，压着幕布；天冷时，我们穿着单薄的演出服跳舞、唱歌，但从不感到冷。我们太投入了，因为我们认为这就是战斗。

我也深入过连队，到 65 师 195 团英雄一连蹲点。我教战士唱歌、扭秧歌，还为他们布置俱乐部。俱乐部里需要大幅的毛主席、朱总司令像，那时候，这种像还没有卖的，我就自己画了两幅，挂在俱乐部正中墙上。战士们高兴极了，都拿着自己的小笔记本，要我在笔记本上画毛主席、朱总司令像。临离开前，我还为连队编排了一个小话剧。回到文工团后不久，战斗英雄张明团长亲自给我来了信，说戏演出后得了奖，并将奖金数元寄我，以资奖励。

22军文工团的男同志们是好样的，演技在全军颇有名气。解放后上海电影制片厂第一部拍部队生活的电影《海上风暴》，指定22军文工团参演，于是我们戏剧队全体团员于1950年就来到上海。

电影内容是一个连队的战士在海上练兵时，被台风将木船吹到一个荒岛上，荒岛上只有一户老渔民夫妇带着一个六七岁的小孙女。表现的就是战士们如何克服在荒岛上的吃、住困难，如何在万般困难中和一家老少三口相处的感人情节。女角色是一个老大娘和一个小女孩。开始宣布让我来演岸上的一个群众角色老大娘，后来换成另一个女同志。有领导怕我有意见，其实对这样的换角色，我坦然接受。说实在的，能演电影是我的梦想，但演一个群众角色，又是一个老大娘，我并无兴趣。所以后来我一直安心地学着做电影化妆、当场记、当导演助理，没事就独自坐在拍摄地——烟台崆峒岛海边沙滩上看书，听海水拍打着沙滩、岩石，清静而又充实。

1951年，全国掀起了镇反运动，为了配合宣传，文工团排演反特多幕剧《法网难逃》，我演女主角刘兰芳，是个隐藏下来的国民党女特务。演出及时，效果又不错，在征求观众意见时好评如潮，但有条意见，引起了我的注意，反映刘兰芳一角演得风骚有余，狠毒不足（我概括的）。我认为意见提得很准确，但改起来不容易，时间来不及，因晚上马上要演出，我急得哭了。在团领导的宽慰下，我镇定下来，原样登台。《法网难逃》是个中型剧，还得配一个节目才能形成一个晚会，于是还排了一个小童话歌舞剧《幸福山》，是批判和平麻痹思想的。我担任其中群舞演员姑娘甲。前后两剧，全部改装，头发由卷发改成长辫子，一个晚上的演出，我是很紧张的。平时，我是戏剧演员，但舞蹈演员不够，我还得参加舞蹈演出，如苏联红军舞、秧歌舞、腰鼓舞，甚至新疆舞等。

三年中，我还演出过苏联话剧《一条小路》，饰演女主角，一个少女；大型话剧《保尔·柯察金》中饰冬尼娅；歌剧《碧海丹心》中饰女主角A。不知何原因，后两剧都只排练过，没能对外演出。

我没受过声乐训练，歌唱水平不高。《碧海丹心》一剧排出了A、B、C三个女主角。我分析是，A角演技、形象好一些，声乐差一点，B角演技、声乐好一些，形象差一点，C角形象、声乐还可以，演技差一点。总之找一个比较全面的演员很难。原来演歌剧《刘胡兰》《白毛女》，是用的真嗓，原生态发音，全凭嗓子好，但不能持久。可真正的歌剧发声得科学化，运用呼吸、假嗓控制着高音、低音的发声。我不行，临时练嗓，又无人指导，早晨对着空气新鲜的旷野发呆，恨不得嗓子圆润自然地发出声来。别看一个小小的文工团员，要做到“一专、三会、八能”[①]，是多么不容易。

除演出外，有时我还兼职服装设计，一般现代剧，向老百姓借点合适的服装即可。演童话剧，跳苏联舞，就得团里制作。一次派我和三个男同志去上海采购，我负责买服装布料等，男同志买灯光、乐器等器材。为了节省开支，在旅馆不愿多开房间，在一间房间中，三个

① 一专，是指突出一项技能，如演戏、唱歌等。三会，是指也能演、能唱、能舞等。八能，吹、拉、弹、唱、写、画、说相声、演戏等。

男同志挤一张床，我则在房内打一地铺，和衣而睡，坚持了四五晚。

三年，我业务上是受到重视的，但政治思想上，我自卑、苦恼，有时惴惴不安。虽然1950年我即被吸收为新民主主义青年团员（现在的共产主义青年团），1951年被提拔为副分队长（很多老同志还是个文工团员），在演出工作中还立过两次三等功。但家庭出身的压力总是无形地制约着我，总担心别人看不起，总觉得比别人矮一头。

一次全团召开检查资产阶级思想典型发言的大会，会前曾约谈让我发言，不知何故，临时换了另一位女同志。据这个女同志会后说：既然是典型发言，我就"典型"一点，深入地作了自我检查。谁知自我检查后，一个接一个地提意见，发言批判。一次次地批判，一次次地无限上纲上线，由提意见会变成批判会了。会后，该女同志被处理成退伍，离队转地方了。

以前对这一事件没有多想，只对这个有才有艺的同志前途有点惋惜，现在仔细回想一下，如果那时让我发了言，其后果真不堪设想。

当时，所谓的资产阶级思想、资产阶级文艺观、资产阶级作风等等，简直都是无中生有，说起来是个让人流泪的笑话。譬如，用块香皂洗脸，就是资产阶级生活方式；有点争强好胜，就是个人英雄主义；性格内向，就是清高、脱离群众；想在大舞台上演大戏，就是资产阶级文艺观；要是偷着谈恋爱了，那就更是十恶不赦的资产阶级作风问题了。那个女同志就是那个极左时代的牺牲品。

1952年4月，全军撤销军文工团，加强师文工队。宣布分配我到65师文工队。后因我与军部童邱龙同志已结婚，照顾夫妻关系，将我留在了军直机关。

▲ 22 军文工团戏剧队第二分队全体成员

就这样，我结束了三年文艺兵生涯。

在 22 军文工团三年中，使我加强了文艺为人民服务的思想，提高了我的组织性、纪律性；培养了我勤俭节约、吃苦耐劳的精神，增强了我多方面的业务能力。我忘不了这个集体，它是我 90 年生活中的一个重要部分。

简单又简单的婚礼

我反对父母之命，媒妁之言的封建婚姻；我反对只看门第、财富的买卖婚姻；我反对一厢情愿，强行以组织的名义撮合的婚姻；我反对没有充分了解、仅凭一时冲动不负责任的婚姻……没料到我居然也是由组织介绍，认识了一个做梦都没想到的另一类型的男士，而且成了我一生崇拜、尊敬、相濡以沫的伴侣。

1951 年 11 月，一天我被通知到军政治部张副部长处去一趟。在分队里，我是分管政治学习的，我以为叫我去汇报学习情况，于是我按时去到张副部长处。张副部长很热情地接待了我，好像没谈什么学习，直截了当介绍我去见军干部部的童部长。我领会了他的意思，毫不犹豫地一口回绝，说：我不认识他，这样的见面不合适。那时候，对部队首长我确实很尊重的，我怕见了面后印象不好不同意，有伤首长的面子和尊严。而且对这个童部长，我确实没见过，一点都不了解，所以我一再推辞。张副部长以为我不好意思见面，便说："我以为你是很大方的人，见一面有什么关系？"听说我不大方，好强的我一下被激起来了。说去就去，在一个约定好的星期日上午，我单独去了干部部，在部长办公室外喊了一声“报告”，就被请进去了。办公室里烧了一盆炭火，暖气融融，童部长中等个，站在屋中央，文质彬彬，面带微笑，请我坐在沙发上。这第一次谈了什么，我忘了，无非是了解一般情况，他问我答而已。

第一次印象还不错，同意联系联系看，每个星期日见一次面，进屋时，总先喊一声“报告”。大概见了好几次面后，一天，他含笑望着我说：“听说你文化水平很高，我写几个字看你认识不？”我点头答应说：“行。”他要我伸出右手，在我手心里用手指一笔一画地写起来。我看着手心，注意力集中地感觉着。等他写完了第一个字我感觉是个“我”字，正有点莫名其妙时，他继续写着，我感觉是个“爱”字，很快他又写了一个“你”。我脸红了，下意识地用左手擦了一下右手心，没有说话，他也没有说话。这就是他用独有的方式向我表达了爱慕之情。

1952年，我已经26岁了，但我从未感到自己是大龄女孩，从未想过该是结婚的年龄。现在想来，大概是那几年思想上先想着政治上的进步，业务上的提高，没时间，也没情绪想别的。如果想的话，也是想找一个兴趣相投、爱好一致的同龄人。认识了童部长后，接触了近半年，我的婚姻观完全改变了。

他是那么稳重，不擅夸夸其谈；他思想成熟，能一针见血地点出问题。在闲谈中，我往往自卑地提到我出身不好，资产阶级思想严重，与他差距太大。他听后，只微微一笑：“我相信党。”其实他看过我的档案，了解过我的思想与表现。他是在一次欢送某军首长的文娱晚会上看我跳新疆舞认识我的，而且到演出的后台看过我化妆。他早有意给我写信，但关心他的组织不同意他直接出面，才由张副部长出面引见。“我相信党”四个字，分量很重，意义很深，相信党会改变一切，相信我在党的教育下会进步成长。我感谢他对我的指导和信任，我由崇拜产生了依恋，于是同意与他结婚。

当时，在他那级别的干部，政治审查还是比较严格的，女方不是共产党员，就得是新民主主义青年团团员，得经上级机关——华东军区批准。一切顺利，我们于 1952 年 4 月结婚。

所谓结婚，比银幕上、电视剧里的场面更简单。当天我工作到下班，写了一张小纸条交给文工团几位领导，报告我去结婚了。好像我是一个人走进了干部部的大门。童部长——童邱龙这边，只来了政治部、组织部、宣传部的三四位领导，临时准备了一点茶点。他们寒暄祝贺，坐了一会就走了。第二天一早，我不声不响地按时在文工团出现。

▶ 结婚照

三次调动

为了提高全军官兵的文化水平，进行国防现代化的建设，1952 年下半年至 1953 年上半年，整整一年时间，开展了向文化堡垒进攻的战斗。军部建立了军直机关学校，教小学一年级到六年级的课程，我担任五年级的语文课。当时我自嘲地宣称：我出演的下一个节目，是《桃李满天下》。

当教师是我的一个新工作，没有培训，没有学习，没有教案，一开始就是实战——走上讲台。学生都是团、营、连的干部和战士，他们的语文水平，有的已超过小学程度，有的比较低，总之，参差不齐。我尽心尽力，摸索着依照个人理解的方式教下去。一年下来，竟也立了一次三等功，并在军直机关组织的演讲比赛中获得第一名，得到十几本书的奖励。

向文化进军的任务结束以后，接着就是学苏联的建制。部队官兵准备实行军衔制，由供给制改为薪津制，首先减少女同志在部队的名额。除通讯、医务、文艺兵外，其他一切岗位的女同志都需离开部队。

我归纳了三类情况：第一类，有文化、有工作能力的，转业地方安排工作；第二类，年轻未婚，有继续深造条件的，转去地方上学；第三类，则是文化程度低，结婚后孩子多，则转为随军家属，享受部队家属待遇。我属于第一类，又是干部部部长家属，当然第一批带头转业。

部队驻地，就是舟山群岛首府所在地定海。舟山群岛由定海、岱山、六横、金塘、朱家尖、嵊泗列岛、中街山列岛、崎岖列岛、火山列岛等 1000 多个大小岛屿组成，海域线有 22000 多公里，但它只是一个省直接下属机构的共产党地方委员会，一个政府的专员公署。我很荣幸，一分配，就调往舟山地委宣传部。

舟山地委就是当地最高的执政机构，但我并不欣喜，我不是共产党员，在一个党的部门工作，能起到什么作用呢？并且这个地委也是新成立的单位，舟山群岛 1950 年才获得解放，成立地委也只是这两年的事，宣传部的人员也就很少，除一个 40 来岁的部长外，还一个女同志和一个收发文件的小伙子。女同志叫寿晓霞，中共党员，革命干部家庭出身，有过一次婚姻，但此时是独身。她与我年龄相仿，但参加革命工作较早，思想比较成熟，虽没明确是否是科长，但部里的工作她可以做主。我们相处很好，但工作太宽松，没有具体任务，我只有自己找工作干。

我下到定海县文化馆，跟随馆里的工作人员到附近有人居住的岛上，用幻灯、图片、快板、歌曲等文艺形式，宣传党的方针、政策；采访渔民和居民的生活；收集当地的谚语、俚语、俗语。文化馆的同志那种多才多艺，扑下身子和群众打成一片的精神使我深感佩服。记得我离开舟山几年后，发现《诗刊》和《人民文学》刊物上，曾发表著名诗人艾青访问舟山后写的一首诗，就采用了那些文化馆人员收集的口头文学，使诗增色不少。此外，我还参加一些来舟山群岛慰问部队的文艺团体和采访人员的接待工作。

舟山群岛海岸曲折，水道纵横，港湾众多，是我国最大的渔场。驻扎在这里的陆军，主要是22军，还有海军舰队等。文学界来采访的人员，慰问演出的艺术团体也比较多，上海越剧团就来慰问演出过《西厢记》。我作为地方宣传部门的工作人员出面接待，陪同他们到几个大的岛上演出，做些迎来送往的工作。最难忘的是一次陪同八一电影制片厂两名摄影师出远洋摄影。这不是非要我去的工作，是我主动争取的。很多人劝我不要去，坐机帆船到远洋，一般人受不了，要呕吐，甚至连苦胆汁都吐出来。我自信我不会呕吐，坚决要去。我在海岛生活、工作了两三年，最远也就到过岱山岛，坐民船也没晕过。远洋、深海，对我有很大的吸引力。机关领导拗不过我的要求，于是同意了我跟两个记者出海。

◀在舟山地委到渔村工作

第一天上午，我站在机帆渔轮的舱面上，望着慢慢离岸驶向远洋的海面和天空。海水从黄色(舟山近岸的海水是黄的)慢慢变成深蓝色，清澈极了。天空与海水相连，无边无际，望着蓝天、白云、闪着亮光的海水，我心旷神怡，久久伫立在船头，靠着船边，一动不动，直至船舱里有人喊我吃午饭,我才回过神来答应着。开始我轻松地走到舱口，下了几节阶梯后，不行了，胃开始不舒服，有东西向上涌似的，有呕吐感，不想吃东西。我不好意思说出真情，只好说：“我不饿，不吃。”赶忙爬上舱面。在这样一连三个白天，我就在船边上一只救生小艇里铺床被子，仰卧在上边，望着蓝天上的云朵，偶尔看到远远的渔船用网捕鱼的壮观场面,和两个摄影记者拿着摄像机跑前跑后摄影的身影。直到天气暗下来，各路渔轮紧靠着齐聚在海洋上，我乘坐的机帆船比较平稳了，才爬出救生艇，去到舱中吃点早准备好的蛋糕、点心等。

这次出远洋，我才知道不仅仅海浪可怕，而且海面不停波动的叫“涌”的海水，也催人呕吐。我总算领会了“无知”和过分自信，都会得到惩罚。

两个解放军记者是好样的，他们圆满地完成了任务，其中一个，那时才 20 岁出头的小伙子叫杨光远。几十年后，成了第一个正面拍摄国民党抗日电影《血战台儿庄》的导演之一。

在舟山地委宣传部工作，大概只有一年时间。后期，我总算有了固定的工作——搞党员的政治教育。有一次，省里召开一个政治学习报告，要地委宣传部的人员参加。我先坐海轮到宁波，再从宁波坐大巴车到杭州，听了一上午的报告后，没有文件和材料，就靠我的记录带回汇报、传达，然后到下属单位党支部收集学习心得、体会。

第一次在全国办的刊物上发表文章，就是在 1954 年上半年。我在宣传部工作之时，在有名的蚂蚁岛上采访写了一篇名为《蚂蚁岛上的妇女们》的散文，登在《中国妇女》的刊物上。文章中配有不少蚂蚁岛的生活照片，是一名海军摄影记者的作品。有照片陪衬，文章显得更加生动，收到稿费，我全部作为团费上交了。

离开部队文工团后，我第三个工作岗位在南京市委农委（这时，童邱龙同志调华东军区干部部工作），具体职务是组宣处宣传干事。我在这个单位干了一年多，政治上、业务上都受到重视。举个例子吧，1955 年，全国掀起“肃反”运动，审查党内、党外、机关、事业、企业、工厂等部门有历史问题的同志，我居然被吸收进肃反专案组，既参加怀疑有问题的同志的审查会，还整理、撰写被审查同志的材料和审查后的意见结论。我知道这个工作的分量，在党的政策规定，领导谆谆的指导下，我慎重推敲一字一词的运用。在农委，没有错误处理任何有问题的同志。

◀在南京紫金山

三年，我调离了两个省，在三个部门做三份不同的工作，接触了战士、渔民、农民、基层地方干部，体验了他们的思想和生活，这对我今后近30年的文艺编辑工作做好了铺垫。我认为一个好的编辑工作者，不仅文学水平要过硬，而且要知识面广，生活丰富。我感谢三年在不同地点、不同岗位、不同遭遇的同志们，充实了我的生活知识，给予了我政治思想上的帮助。

适得其所

中央军委由于形势的需要，在 1955 年又建立一个济南军区，并且开始实行军衔制。邱龙由华东军区干部部特种兵干部处处长提升为济南军区干部部副部长的职务，并授衔为大校，我的工作又要变动了。鉴于我的政治条件、业务能力和爱好，我不想在党、政、教育部门，还是想干文化工作，所以我不急于调动，想等新单位确定了我再离开南京，因此我没与邱龙同行。

很幸运，1956 年山东人民出版社正好扩招编辑，我对出版社、编辑工作都很陌生，但直觉感到这个工作适合我。本想趁调动休息一下，但对工作的新鲜感和好奇心，促使我从省委组织部拿到介绍信后就直奔邻近的出版社而去，接着第二天即上班。

出版社是省委宣传部所辖三个阵地之一，另两个即是报社和广播电台。出版社的编辑部当时分四个编辑室，政治、文教、科技、文艺（包括美术）。我真的分配到文艺编辑室，当上了戏剧助理编辑。

我没系统地学过文学和戏剧，但对文艺编辑工作，我竟充满信心，

▶ 山东人民出版社文艺编辑室部分编辑人员

如鱼得水，它让我实现了青少年时代文学和艺术相结合的梦想。我决心在学中干，干中学，努力当好这个编辑，不到一年，我即由助理编辑提为正式编辑。

编辑工作不外是看自投稿、组稿、约稿、改稿、发稿。广大作者群众业余时间写下来的文章，寄来出版社编辑部，想得到发表和出版的机会，处理这些自投稿，也是一项很重要的工作。我一般不压稿，体会到作者寄出稿来，急切地盼着编辑部的表态，所以我分三种处理方法：一种是稿件内容有点新意，文字有点水平，但距离出版要求还很远的作品，我就亲自写退稿信，指出优缺点后直接退稿；一种是水平很低、毫无可圈可点之处的，就以打印的退稿信处理；还有一种是模仿已出版的配合政治运动的演唱材料和剧稿，如我们出了一本配合忆苦思甜的小剧本《魏隆民忘本回头》，结果一阵风地一天要收好几个《XXX忘本回头》，这样的稿件，即看也不看，挑选出来，一批批地夹上打印的退稿信退还。

自投稿采用率太低，甚至没有，就得靠走出去约稿、组稿。约稿、组稿我有不同的概念。约稿，是作者自己正在写自己的东西，他有一定的写作能力，写的内容也符合我们的需要，所以预约他写出来后，优先由我社采用；组稿，则是我们定主题，请作者写一个配合当前政治形势和要求的宣传作品——剧本、曲艺。

◀文艺编辑室

在上世纪50年代到80年代，全国各省只有一家政府办的出版社，社里只有一个文艺编辑室。我社文艺编辑室开始有两个戏剧编辑，60年代后很长一段时间，就剩下我一个戏剧编辑，还兼着曲艺、音乐、舞蹈的编辑工作。那时我们的出版方针是“为社会主义服务，为政治服务”。在这一前提下，我拥有一批专业作者群体，如有文化局所属的戏曲研究室、艺术馆、省属各个剧团的编剧人员；地、市、县艺术馆、文化馆、工人文化宫和各个演出团体的编剧和业余作者。在一个城市的，我经常去其单位联系，远的则书信联系。有时出版社给重点作者送点书，我也给作者在写作时解决一点写作遇到的困难。如省吕剧团编剧刘奇英，是改编小说《李二嫂改嫁》为吕剧的作者之一，他要写一个剧本，没有清静的地方，我则请示帮他住进了出版社的小招待所写作；省话剧团编剧组三四人要集体写个话剧没合适的地方，我个人帮他们联系了济南军区炮兵营地的仲宫招待所。另外，我也给作者提供生活知识和写作资料，如有一次给省里部分剧作家组织了一个座谈会，请来铁道游击队政委杜季伟老同志讲他的战斗生活。能请来这样的战斗英雄讲课，与我老伴的关系分不开，他们是老战友、老同事，关系密切，我请他，当然满口答应。这都是为了出版好作品与作者搞好关系的做法。

1960年，是“大跃进”后自然灾害最严重的时期，城市、农村、机关、工厂、学校都反映吃不饱，有的地方饿死的人不少。省里派出不少干部到重点灾区救灾。就在此时，省里和我社领导三番五次号召出版反映阶级斗争题材的剧本，我绞尽脑汁制订这方面的出版计划，可让舞台上出现阶级斗争的剧目，真是难上加难。当时形势是吃穿紧张，而不是敌对阶级的破坏。我没办法，想着去省文化局大量专业编剧者救灾的寿光县工作组看看，听听他们的意见和写作的打算。于是不顾路途偏远，生活艰苦，我一个人背着挎包上路了。从寿光站下了火车，边走边问到了第一个驻地——官桥。这个工作点是由省文联王安友同志带队的，王安友是个农民出身的小说作家，因出版小说《李二嫂改嫁》

出名。驻点成员有剧作家孙秋潮、刘奇英等。

我突然到来，令他们措手不及，作品没有那是肯定的，连基本的吃的米面也没有，不知他们的房东从哪里弄到一点杂面，做了一个饼招待了我。他们是来救灾的，没有考虑写作我当然知道，我只是要他们在现实生活中注意阶级斗争的题材，并提出了一些写作要求，等于向他们布置了写作任务。王安友当时不在驻点，到别的地方开会去了，他住的一间房，临时成了我的落脚点。第二天一早，我即出发赶去寿光车站。一路上行人寥寥，偶尔见有穿着白色土布做的孝服送殡的队伍，他们默默地行进，荒凉、悲寂。过了中午，我还没到车站，估计当天已赶不回济南，得找个地方住下，明天赶火车回济南。幸好我记起省文化局工作组的首脑地点在我路过的附近，那里有我认识但不是很熟悉的宋萍同志。顾不了太多，就贸然找去了。很幸运，果然找到了宋萍，她热情地接待了我。晚饭时，请我吃了一大碗地瓜玉米黏粥，又甜，又热乎，好吃极了。全身暖乎乎的，饥饿、疲惫全消。

小说是以文字来描述人物的性格和故事情节；戏剧是以剧中人物的对话来表达人物性格冲突，所以它的语言是有动作性的。剧本通过导演、演员的再创造，出版的剧本质量大大提高，会更有销路和受专业、业余剧团的欢迎。所以我编发的剧本大都是经过排演，获得群众欢迎的。要做到这一点，我用了两个办法。

那时我国没有电视这一说，人们只是看戏、看电影、听书、听曲等，文化生活匮乏。特别是农村，在新年、春节都自搭舞台唱戏、演出。节目的来源，就靠各地、县文化部门组织群众创作搞戏剧汇演，请省文化单位的专家赴各地观摩，对节目进行评论、指导。我就借此机会，跟随观摩团赴各地、市观看节目，联系作者，听取各方意见，组织修改稿件，出版发行，将优秀剧目推荐出去。

▶出差青岛

在自投稿中发现有高水平的剧稿时，我也要通过排演看看效果好坏。有一次收到一个作者寄来的讽刺剧《矿长太太》，写得不错，但我还是去济南市工人文化宫业余剧团，推荐给他们排演。在排演中发现问题，就和导演、演员商量修改。我想，这就是现场编辑。这个剧本，我不仅现场编辑，还在导演及演员的鼓励下，叫我上场代替女主角公演了几场。

◀参加《矿长太太》的演出

为了使工厂、农村业余剧团演出方便，在小话剧内有唱词而没带曲谱的，我一定要请人配上曲谱，并加上舞台设计图、导演提示，这样一本为工、农服务的出版物就完整地出版了。

在走出去约稿、组稿、编稿中，我结交了许多朋友，有剧作家、业余作家、音乐工作者、评论工作者、导演、演员、文化工作组织者等等。我不是一个只坐在办公室低头为他人做嫁衣裳的编辑。

干中学，学中干

我确实是在干中学，学中干，有学习的机会，我是不会放过的。1963 年，华东六省一市（江苏、浙江、安徽、福建、山东、江西、上海市），在上海举行戏剧汇报演出，这是一个很好的学习机会。参加汇演的除演出剧团外，还有一个观摩团，其成员都是省、地、市的文艺界领导和专业剧作家。我一个非文艺单位的出版社编辑怕没人考虑吧。因我平时经常参加省文联戏剧协会的会议、戏剧评选及省文化局组织的各种戏剧活动；和省委文艺处的领导和成员有活动和会议时也经常碰头，所以我提出要求时，顺理成章地成为观摩团的一员，而且是观摩团中的两个女团员之一，另外一个是济南市文联的领导。

这是全国第一次举办由华东六省一市参加的大型戏剧汇演，吸引了全国戏剧界人士的眼球。演出剧目有七台大戏。第一天是由中国人民解放军前线话剧团做示范演出的话剧《霓虹灯下的哨兵》。在这出戏中，分别了十年的 22 军文工团曾同台演出的战友马学士出演了剧中的陈排长，我为这个戏的成功叫好，为他参加了这个戏的演出祝贺。

山东省参加演出的话剧是《丰收之后》，演出后轰动了全场，山东省代表团的成员个个喜气洋洋，特别光荣。后来《丰收之后》拍成了电影。其实，这个剧是“三结合”（领导、编剧、群众）的产物，为当时的政治形势服务的艺术作品，思想性、艺术性到底有多高，后人自有评说。可我参加了这次盛大的汇演，觉得收获还是很大的，被济南市艺术馆请去做专题讲课。

省文化单位一般抓重点题材的剧目时，就组织两三个有经验的剧作者到典型单位去体验生活，然后座谈写作提纲。一次由省文化局副局长包干夫带组去蓬莱深入生活，我得到消息，也争取参加了这个组。经过和他们深入生活和座谈剧作提纲，对我的编辑工作帮助不少。

▲ 到农村先进单位采访

我在新创作的现代剧中学到不少东西，没想到编山东民间戏曲脚本时，惊讶地发现地方戏曲语言的精彩。二三十年来，我接近基层、底层人物很少，一直是学生腔，小知识分子调。在民间戏曲中，我发现其中对话、唱词，那么生活化、形象、幽默。新中国成立前，我在杭州读书时，一个星期天去电影院，看到海报上登着祥林嫂的剧照，标题是根据鲁迅《祝福》改编，我就进去看了。一放映，竟然是戏曲越剧，可我还真被这个剧迷住了。这是我第一次接触地方戏曲。我的家乡戏——花鼓戏我都没看过，只听大人说：那些戏下流、低俗。我编辑、发稿、出版的山东地方戏曲剧本不少，都是经过省戏研室的作者整理、加工，去芜存精的。吕剧有《王汉喜借年》《闹房》《姊妹易嫁》等；五音戏有《拐磨子》《亲家母顶嘴》等；山东梆子有《墙头记》等；柳子戏有《玩会跳船》，但最有名的是《孙安动本》，因它与清宫戏《海瑞罢官》同被称为替彭德怀元帅平冤叫屈的毒草，“文化大革命”中作者与编辑部都受到批判。正好这个剧本不是我编的，而我编辑的是 1964 年山东省京剧团集体创作的现代京剧《奇袭白虎团》，在“文化大革命”时期成了八个革命样板戏之一，我算逃出了这一劫。

令我拍手称快的地方戏曲的语言、唱词，我特别欣赏，现将吕剧《闹房》中的唱词摘几段供玩味。

人物：新郎王天保，新娘李海棠

时间：新婚之夜

李海棠唱　看丈夫虽然受穷貌不贫，

俺夫妻年庚般配也遂心。

自幼儿青梅竹马在一起呀，

俺二人情同手足才定了亲。

白 虽然十几年未见，听说他是个有志气的男儿。

唱 做新郎他也未曾巧打扮，

补丁衣服刚遮身，

穿了一双山鞋还是半新。

未出嫁都说俺摊了个穷女婿，

嫂子说过了门抱瓢要饭随后跟。

为这事和俺爹爹吵过嘴，

立志不嫌丈夫贫，

我爱他从小就是个忠厚人。

今晚上我与他说几句玩笑话。

白 你呀……

王天保唱 俺天保吃了顿饱饭怪滋润我怪滋润。

（往床上看）床上有缎子褥子荷花被，

绣花的鸳鸯枕头还有大红毡。

今晚上咱睡个舒坦觉，

李海棠唱 海棠我故意来阻拦。

白 要想床上睡，先得对副对。

王天保白 若答不对呢？

李海棠白 就不能睡呗！

王天保白 那不是找别扭吗？

李海棠白 这是娘家的规矩，老辈里的风俗。

王天保白 那……你先说吧！

李海棠唱　一对鱼儿两只眼，

王天保唱　比目鱼儿水中欢。（白）行啦！

李海棠白　不！（唱）一梗同结花两朵。

王天保唱　谁不知叫作并蒂莲。

李海棠唱　一对蛤蟆七条腿。

王天保白　哼！（唱）那是一个蛤蟆一个蟾。

李海棠白　哎，哪里有三个腿的蛤蟆？

王天保白　你忘了，三个腿的蛤蟆，就叫南蟾（难缠）。

李海棠白　你呀！……

王天保白　我？我还得问问你哪！

唱　俺这里豆腐比那砖还硬，

俺那缸里凉水比那醋还酸。

李海棠白　哪里有豆腐比砖硬的？

王天保白　冻豆腐！

李海棠白　你真是……

王天保白　真是啥，还有哪！

李海棠白　谁家的凉水比醋还酸哪？

王天保白　醋罐子掉到水缸里啦。

（王天保三次欲上床睡觉，都被李海棠推下床，王天保生气了。）

李海棠唱　你说的驴唇扯到马嘴上。

王天保唱　你说的李四的帽子给张三。

李海棠唱　看你烧干锅子添凉水，安心惹气。

王天保唱 我看你关着门烧篙子，有意存烟。

（两人吵后，王天保赌气睡地上，李海棠劝天保上床睡。）

李海棠唱 见丈夫当真翻了脸，

他有志气我喜欢。

我床上铺下了缎子褥，

王天保唱 就地上铺下干草毡。

李海棠唱 床上伸开红绫被，

王天保唱 俺地下盖着块没毛的狗皮大半片。

李海棠唱 放下绣花的鸳鸯枕，

王天保唱 俺枕着块三角八楞的半头砖。

（李海棠再三劝王天保上床睡。）

李海棠唱 请丈夫你快上床去睡觉哇……

王天保唱 那床上不如地下宽，

何必再惹你烦。

李海棠唱 你上床铺下咱的缎子褥。

王天保唱 缎子褥赶不上我这块干草毡，

能擦痒痒能避寒，睡觉多舒坦。

李海棠唱 上床去盖咱的荷花被。

王天保唱 荷花被赶不上没毛的狗皮大半片，

又隔潮又防寒哪，名叫火龙单。

李海棠唱 上床枕咱的鸳鸯枕。

王天保唱 鸳鸯枕赶不上我这块半头砖，

夏天凉，冬天暖，能避蝎子和蚰蜒，

它们都不敢往我耳朵眼里钻。

我喜欢这样性格化、生活化、地方化、活泼生动的唱词。在这种潜移默化下，我后来的文字，简洁、朴实多了。但生动幽默的文字是学不来的，我天生不会逗笑，也与我生活底子薄，文学修养不高有关。

树欲静而风不止

1956 年到 1966 年，十年的文艺编辑工作，看着我干得风生水起，其实这十年间大的政治运动也不断。1957 年反右运动不谓不惊心动魄，但因我来出版社不久，不了解情况，所以发言不多，没有什么出格的话，但也出了一点纰漏。有一个比较老的编辑作了长篇发言，第二天，针对他的大字报铺天盖地而来，而且对一些小问题也上纲上线。我一向有个好打抱不平的习惯，就写了一张小字报为其辩护。虽没引起大的波澜，但也有些极左分子在暗暗议论。最后文艺室十来个编辑中打了六七个右派。运动尚没有结束，省委号召机关干部到农村去，向贫下中农学习、锻炼。我自感对农村不熟悉，世界观得改造，就主动申请下放。

这次干部下农村锻炼是全省级机关的行动，我们出版社编辑部一行八人（六男二女），安排在离邹平县 4.5 公里的东范村。我入住的一家是户下中农，有一近 70 岁的大爷，一对中年夫妇，我叫他们大叔、大婶。他们有两女一男，大女儿大概有 17 岁了吧，男孩 12 岁左右，小女儿也有 10 岁了。正房也是卧房，进门右边一铺坑，父母子女四人全睡在上边；左边架了一张简易的床，让我和他们的大女儿睡，等于除老爷爷外，全家就住在一间房中。房外谈不到院子，比走廊只宽一点，走过去是一间厨房，一个灶台上放了一口大锅，就占了一半的地方，五六口人坐的坐、站的站，喝着大锅里的玉米糊糊，吃着大婶分到各人手上的杂面贴饼，没有炒菜，大概有点咸萝卜干之类的配菜。我有个习惯，吃大米饭、喝稀饭，一定要菜才吃得下去；吃馒头、粗粮饼子，我就能不吃菜，觉得淡淡的甜味就够了。经过部队的锻炼，这样的生活对我来说，我完全能接受。直到有一次吃饭，我偶然发现了一个秘密，才知道在吃饭上我无形中受到了优待。

▲ 在邹平农村

平时吃饭，都是大婶掰给我一块饼子我就吃，我吃得不多，也不要再增加。一次，我吃了一块，想再添点，不想麻烦大婶拿，就自已站起身，伸手向大婶身后的簸箩里拿饼子，大婶来不及阻挡，被我抓到一块，一看，这块饼子和我吃的不一样，大多是加的糠，原来他们自己吃的是糠饼子。这使我想起好几件事情，我太不懂事，脑子太简单。

第一件事是下乡讨论粮食分配，一般是干部定量每月 30 斤，我觉得我一直饭量小，又为了发扬风格，提出每月只要 24 斤就行了。没想到少了 6 斤粮，对这个家庭来讲是个多么大的困难。

第二件事是为了真诚地锻炼改造，1958 年春节回济南后，没带一颗糖、一块点心、一点副食品转回这个下中农的家，让孩子们吃到一点他们想吃的东西。人哪，那个时代的人哪，我真是一点人情味都没有，简直就是个木头人。

和贫下中农生活劳动，我都还能适应，就一样我将就不下来，就是上厕所。这里没有厕所，每家的猪圈就是厕所。一进猪圈，一头、两头猪就围过来，把你吓得只能退出去。直到在门边用秸秆搭一个小

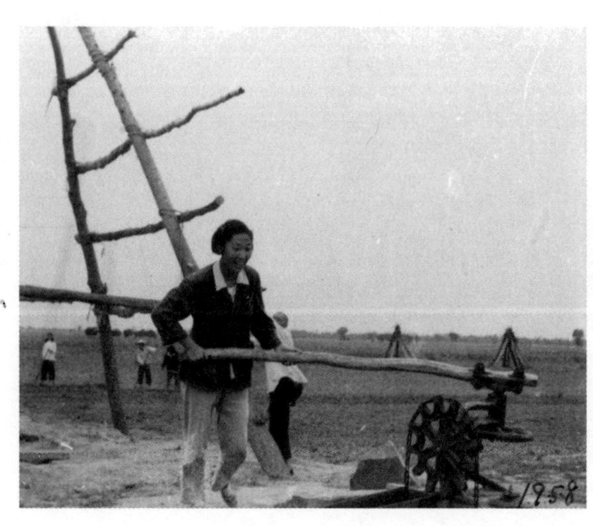

◀在邹平农村

棚子后，我才舒了口气。

参加劳动，量力而行，倒也不觉怎么累。一次修堤坝需要担土，两人抬还可以，可抬了几天，左肩不行了，就换右肩，一直用右肩，右肩磨破了，后来鼓起一个疙瘩，直至20多年后，这个疙瘩才消失。

和这家下中农相处和谐，但不久即发现一个问题。那个老爷爷独自住在厨房旁一间小房里，一早就推着一辆独轮车出去，直到黄昏后才回来。大叔偶尔在路口接过老人的车推回来，也没有饭给他吃。后来我才知道，他是一个单干户，一直不同意参加互助组、合作社，为此，村政府的人还把老人仅有的两把椅子给搬走了，他一直不满。我认为搬走他的椅子不对，向上反映意见，但谁也不理这个事，待我在三个月后离开此地，事情根本没得到解决。

原来规定下放一年，三个月后突然县里抽调我去文化科帮助工作。我心中十二万分不愿意，我是真心诚意来到农村，接受贫下中农再教育的，要是仍干机关工作，那我在省里干不更好，还可以照顾家……

服从分配来到邹平县文化科报到，原来是要我办一份《邹平文化》报。报纸版面不大，只4开，正反四个版面，内容不外县里的文化动态、微小说、曲艺、诗歌等。一个人全盘负责组稿、审稿、编稿、写稿、排版、校对，送县印刷厂印刷，然后分寄各乡文化站、基本读者、作者等。办这么一张小报，也得到各个乡转转，交通工具就是自行车，一般的男士自行车我上不去，只能骑我自己的坤车。没办法，就请人将济南家中的自行车捎来。每当下乡，我都紧张，小心地骑行在凹凸不平的泥土小路上。

不久，“大跃进”运动开始了，扒城墙、大炼钢铁。除了参加这些体力劳动外，我还要编小报。小报上也不免登了一些产量吹破天的诗歌。事实呢？一天我在文化馆门口碰见了东范村的大叔，他的脸、手、脚都浮肿得挺厉害，一步一挪地慢慢走着，我喊住了他，才知道他家缺粮，吃错了野菜，身上才肿成这样。我一时无主，跑到文化馆食堂买了几个馒头，塞进他怀里，无言地送走了他。

文化馆几个男同志在院子里支起一个炉灶炼钢铁，原料是从老百姓家收集来的铁锅、铁盆等，其中有一个圆形有一定厚度的铁盘，中心稍凸。我不知道是干什么用的，一问，才知道是摊煎饼的鏊子。原料都是一些成品，要我们砸破它炼钢，虽莫名其妙，又有点惋惜，但还是通宵达旦地干。

男同志晚上出工，白天睡觉，我这个顽固性失眠患者，白天根本就不能睡，晚上又要跟着熬夜，真是吃不消，但我不知道怎么挺过来了。

在县里还有一次奇遇。我一个在出版社工间操打打乒乓球消遣消遣的工作人员，打球时，一不会削，二不会旋，只会直来直去地打，在一次比赛中，偶然得了个冠军（主要是那时都不会打）。这次在邹平县竟把我推进县乒乓球代表队到广饶县去参加全省分区比赛。推不掉，硬着头皮跟着三个小青年去了广饶，另一女球员缺席。三个小球手技艺不凡，没有被我拖腿，还得了个冠军。我跟着见识了一下现场比赛的盛况。但自感不够资格，婉拒了和他们三个胜利者的合照。

不到一年，我就被调回出版社。至于在村里三个月就被抽调去县文化科的事，当时没去多想。现在想来，有点奇怪，宣传、文化部门这么多下放干部，而且有不少共产党员，怎么就抽调我去？真是一个谜。

十年浩劫

为什么要把毛主席亲自发动的“文化大革命”称之为“浩劫”呢？我想我们的70后、80后、90后一定越来越不理解。我没有研究，但我亲身经历了。后来看了一些文章，其中有一篇《金冲及谈文革》，开头一句就是“文化大革命”为什么会发生，邓小平对采访他的意大利记者法拉奇说，“搞‘文化大革命’就毛主席本身的愿望来说，是出于避免资本主义复辟的考虑，但对中国的实际情况做了错误的估计。为什么毛泽东那时候提出要避免资本主义复辟，在他看来，有两个原因。一个原因是中央领导层中，对有的问题的看法也并不完全一致，大家都熟悉的包产到户，被批判为‘单干风’。当时有的同志提出的不仅仅是包产到户，还提出了分田到户。那牵涉到所有制的问题，这对毛泽东来讲，可不得了。另一个原因是看到社会主义社会中也有黑暗面。特别是不少干部严重脱离群众，当权后为所欲为，他认为这会使党和国家变质。”

毛主席发动“文化大革命”，原计划也是半年、十个月，没想到最后控制不了局面，竟搞了十年。揪出了头号走资派国家主席刘少奇，打倒了开国元帅彭德怀，而且最早批判写京剧《海瑞罢官》的史学家、文学家、戏剧家吴晗。批判他否定“大跃进”，为彭德怀喊冤。因彭德怀对1958年搞的“大跃进”“人民公社”写了万言书，向毛主席进言，后被点名批判而罢官。这一来，所有的清官戏都成了大毒草。我省到北京怀仁堂演出过、轰动一时的柳子戏《孙安动本》，也就成了与《海瑞罢官》一样的翻案剧、大毒草。

从建国以来，所有的政治运动大都是从文艺界发起，这次是从批判京剧《海瑞罢官》开始。所以出版社运动的重点是编辑部，编辑部的重点当然是文艺编辑室了。

运动初期，我并不在单位，因邱龙已于1966年5月调北京中国科学院政治部，将我调去的单位也已确定，是科学院报社。他趁调动之前请假探亲，我与他同往。在旅途中，我看报纸发现了政治运动将开始的苗头，无心在外便一个人提前回了单位。我不准备在运动时调动工作，打算运动结束后再说，没想到运动竟搞了十年。

回到单位，会议室、走廊上已贴满了大字报，主要是对社领导、室领导，某本书发起批判。写大字报对我来说是个难题，我始终认为，人民内部矛盾与敌我矛盾有别，我提的意见都是人民内部矛盾，能胡乱上纲上线吗？所以有同志说我写的大字报软弱无力。运动越深入，问题的性质越来越离奇古怪，如文教编辑室一本语法课本，在讲语法时，内容有一个例子，分析“蒋氏小王朝”，而在另一例中有“万岁”一词。好了，这就成了责任编辑的罪状，书中公开喊“蒋氏小王朝万岁”，成了现行反革命分子。公安局来人将编辑带走，这个编辑是个女的，很文静、娇弱。政治理论编辑室一个男编辑因抗议批判受辱（批判时让他站在凳子上），悬窗自缢了。

文艺室当然不会风平浪静了，编柳子戏《孙安动本》的编辑，自身有点历史问题，加以编了这本“反党反社会主义”的剧本，当时就被剥夺了参加运动的权利，每天只能进行自我检查和检举他人，别的会议都不能参加。到 1968 年，我参加毛泽东思想大学校下乡后，听说在批斗他时还动了私刑：画圈罚站、动手打人等等。当时，我也被开了一次审查会，审查一本尚未出版成书的清样，说这个剧本的作者（曾是山东省委负责人之一的赵建民）是叛徒。他所写的作品是毒草，编辑要负责任的是该出版物的剧情介绍，因剧情介绍是责任编辑写的，除介绍剧情外，还有评价作品的文字，评价就是编辑的观点了，所以要我交出剧情介绍一文。清样是在我手里，但剧情介绍一页确实没有找到，几个参加审查的同志非说有，纠缠了一个晚上也没结果。散会后，我委屈得不行，非常难过，这时邱龙还在北京，连个发发牢骚，吐吐苦水的人也没有，真是想大哭一场。

运动进行到 1968 年，省里成立了一个毛泽东思想大学校，动员全体省级机关同志参加，这次我没有写大字报表态，因我不愿意下去，我也要看看，报了名的是否就要他下去，不报名的就不让他下去？有些友好的同志见我不表态，就动员我写大字报表达要求下去，我不写，他们还要代我写，我拒绝了。事实证明，表态要下去的，没让去，我没表态的倒让走了，我清楚地看出这个运动的虚假。其实我已做好思想准备，去毛泽东思想大学校锻炼，免得在机关搞“革命”更心烦。但家中儿子童星才 12 岁，女儿丹丹才 2 岁。我母亲于“文化大革命”

一开始，我就主动地送她回湖南老家长乐街，与弟弟一家同住。现在只有请邱龙的姨母来照看家。邱龙于 1967 年冬即从中国科学院回到部队，这个家就由他承担了。

▲ 在“文化大革命”年代中

毛泽东思想大学校的学生，由省委、省政府和下属单位机关干部分批组成。学校设本部，下设几个连，连下设班。大学校的领导成员有省革命委员会的头头，我知道有个副主任是山东师范学院的学生，是个造反派头头，还有一位是已获解放的原省委书记白如冰，但他不在校本部，而是跟着我们这个班在指定的一个村子里劳动。他腿有点毛病，有点瘸，下去时，由我们班内一个同志骑自行车带着他到目的地，也住在农民家里。因年纪大，腿有残疾，不能干重活，就在队里和妇女、老年人掰掰棒子粒。一次我下工回来后，他向我说：“房东说我干轻活，不能吃干粮（在大锅边上烤的饼子），只能喝粥了。”一个基本“解放”了的省委书记就是这样一种待遇。

我们平时下去一段时间，再回连队集中学习、生活一段时间，几个月生活比较平静。后来才知道，第一批上大学校的成员，在各个机关里算是思想比较保守、历史没什么大问题的；留在机关的，要么有点问题，要么是运动的骨干。这一年不在机关，我倒逃过了整人的一关，落得轻松。但我知道下去的多数干部，有家有室的，家庭负担重，思想压力大，对将来一定茫然。而我虽想家，但有邱龙撑着，我还是挺放心的。

到春节了，大学校也放假了，各自回到家中，我因失眠厉害，心脏可能有点毛病，脸、脚都有轻度浮肿，医生开了病假条，需休息，我借此机会再没有归队。我的病休，可能更加影响了一些留下来的干部的心情。

没过几个月，第一批下去锻炼、学习的干部全体回来了，我回到机关。

编辑部的工作早停顿了，“抓革命，促生产”的指示依然起点作用，于是编辑部还是成立了一个综合性的临时编辑组，我被调入这个五六个编辑同在一室的编辑组工作，出版配合形势发展的演唱材料和革命歌曲集等。平时和大家一起参加学习会、批斗会。

一天，新华印刷厂的工人造反派来了一些人，声言工人要夺知识分子的权，召集大家到会议室开会。我跟着大家去了，坐在不前不后的中间一排，忽然看到两个工人，一边一个推着负责我们文艺室闹革命的头头进来，好像既推又打的样子，我不假思索，也没看清，就站起来喊了一句："不要打人！"全场怔住，无声片刻，这时我也意识到坏了，有点害怕，思绪很乱，会议是怎么进行下去的，我也记不清了。回到编辑室刚坐下，当时还有一个原文教室叫王晋阶的编辑也在。突然有个不认识的青年工人，板着脸、气势汹汹地走进来，王晋阶马上含笑地站起来，请年轻人坐下，并递了一根烟去，我则趁此说了几句："小同志，你们来编辑部，我们很欢迎，但打人是会失去民心的。"我又加了一句："我们欢迎你们。"说话时，我的心还很紧张，害怕他们不讲理对我下手。年轻人在我们两人以礼相待下，又加以是他一个人来，没说一句话，就悻悻地走了。我和王松了一口气，无言，默默地干着自己的工作。

"文化大革命"中期，简直就是一场大混战，群众斗群众。造反派、保守派、中间派成立名目繁多的造反队，各派观点不同，我都弄糊涂了，对出版社内部的事我都弄不明白。最近找出几本 1971 年汇编的大字报集看看，真的弄不清楚批的是什么，正确的观点反着批，错误的观点大肆歌颂。

1975 年秋我开始持续发烧，大病了一场，济南军区总医院、省立二院（现齐鲁医院）都住过，查不出原因。在二院，"革命"闹得负责病人的医生不查房，不管病人，我高烧不退，喝水都吐。幸好，此时一陪护家属病人的医生，经过几天在病房观察后，对我妹妹说："你姐姐患的可能是脑膜炎，赶快请医生诊断。"妹妹即刻通知邱龙。他在黄昏后，带一军医，请来熟悉的神经科内、外科大夫诊断，做"腰穿刺"，一直忙到晚上 11 点，确诊为"结核性脑膜炎"。这个病治不及时，后果难料。在最后时刻，我得救了，除眼睛有点复视（右边看东西重影）外，还没留下别的后遗症。

在十年“文化大革命”中，我可以告慰的，是没有说过假话，没有伤害过人，没有留下遗憾。

电视剧冲击了舞台剧

粉碎了“四人帮”、“文化大革命”结束，这时真有第二次获得解放的感觉。我个人和我这个小家倒是没什么大的变化，但想到那些开国元勋、老革命家、老前辈；有德有才，热爱祖国，相信共产党，热爱人民，全身心投入科技、工、农业建设的各方面精英们，他们所受到的身心摧残，甚至失去生命，我难以用心痛、惋惜、遗憾等字眼描述我的心情。

出版工作开始逐渐恢复正常，但也随着时代而变化。市场上出现了电视机，电视剧开始流行。文艺编辑室分成两个组，一组是文学组，包含长、短篇小说、散文、文艺理论等；二组是艺术组，包含戏剧、曲艺、音乐、舞蹈等。艺术组已扩展到七人，指定我为副组长（无正职）。我对当什么组长毫不在意，领导找我谈话我就是这么说的：组长不组长我无所谓，我的志愿是参加共产党。大概时机也成熟了，组织上派两个共产党员去湖南调查我父亲的情况，回来后，他俩悄悄对我说：“你父亲没什么问题，只是一次次政治运动，将已交代的问题再上纲上线就是了。于是1980年5月4日，总算批准我为中共预备党员。30年来的心愿，50多岁才实现，当然，这也不是个例。

剧本没怎么出了，正好上海电影局有个同志来信联系，想将上海电影界著名演员的生平逸事编个集子出版，我很感兴趣，征求主编同意后，就答应他们撰写。同时我考虑到将长春、北京、八一电影制片厂著名演员的生平各编一集。经过去信和亲自去长春电影制片厂约稿，他们都非常同意和支持。由于上海的名演员多，就编了两集，长春、北京、八一各编一集，配上个人照和部分剧照，出了五辑一套的《影视春秋》。这套书市场销售状况极好，并销往国外。

中华人民共和国未成立前，在解放区流行一大批反映现实生活，配合各个运动的话剧、歌剧、秧歌剧、戏曲等。影响大的如《白毛女》《刘胡兰》等，已有出版本，《三世仇》影响也不小，好像没有正规出版。为了保存一批战争年代的戏剧作品，我考虑出几本有影响的剧作选集。打听到创作《三世仇》的作家是解放军总政治部文化部部长虞棘时，我亲自去北京他家中约稿，他当然很高兴。经过他收集到的旧作，选了七个剧目编辑成《虞棘剧作选》，接着又出了一本《马少波剧作选》。开了这个头，一些在外地工作、定居的山东老剧作家们也纷纷来信要求出选集，考虑到作品的影响力和出版社的经济效益，选集就没有连续出下去了。1981年3月，了解到省戏研室举办了一个戏曲创作培训班，看了他们的讲课内容，认为可以出一本《戏曲编剧初探》。内容包括：戏曲的人物塑造；戏曲的情节结构；戏曲的题材和主题；戏曲的艺术特点；戏曲的语言；还附有山东地方剧韵。这本书出版后，据说是全国现存有的两本写戏曲的理论书之一。最近，90多岁的著名戏曲作家、理论家阿甲，还在找寻这本书。

任务接着一个又一个，1982年，我们二组又增加了一个编月刊《农村文艺》的任务。刊物内容重点是短篇小说，戏剧、曲艺、诗歌都是其次了。我开始编选小说稿。

使我难忘的是，在一批自投稿中我发现了一篇小说稿，内容有那么一点意思，是写一个廉洁奉公的村支书的故事。我进而得知，作者是个残疾青年，基本上瘫痪，他在病床上挣扎着写了稿件寄来，为了鼓励他活着的勇气，我写了一封详细的要他修改的意见信。他寄来修改稿后，起色不大，我亲笔给他改写一遍发表了，并写信给他所在地的县文化馆的同志，请他们多多关照此作者的生活和写作。县文化馆的同志去看过他，并送给他一些稿纸之类的文化物品。几十年过去了，我早已离开了工作岗位，不知这位作者情况怎样?

有志者事竟成

工作还是认真负责，中规中矩地进行，但激情已不如往昔。往事，特别是1945年至1949年国统区学生要民主、要自由的学生运动，也被毛泽东主席称之为第二战场的战斗，我参与了，那是我最阳光、最美丽、最有意义的年代。此时——1983年，我有了将这一段生活写成长篇小说的冲动。那时，我虽不是最有觉悟、最勇敢、最有见地的先进青年，但我是个倾向进步、主持正义、没有偏见、比较能客观地表现那段生活的人。我想请创作假，又怕写不成功，言而无信的事我做不来；我想到提前离休，趁我还不太老，工作状态还旺盛，精力也还充沛时写作。有同志提醒：马上要工资改革了，你不要轻举妄动。是的，工作30多年了，职务没怎么提，工资也少得可怜，但我没缺过温饱，我要写一本自己的书，这比什么都重要，我丢掉杂念，义无反顾地提出离休申请。得到批准后已是1984年，我在邱龙的支持下马上去杭州母校，现在的中国美术学院采访老教授，当年的老同学。这时我离60岁正式离休时间还有两年。在杭州的一个月时间，我采访了30多人，

▲ 到杭州采访部分老同学，老人为刘苇教授（右 4）

有老教授、老同学、老校工、有当时的激进学生、埋头学习的学生、玩世不恭的学生等，并由他们提供不少学生运动中的生动情节，同学们的趣闻逸事，我足足记了三大笔记本。后来我又陆续地收集到有两个同学已动笔要写电影剧本和小说的原始材料，当时流行的禁唱歌曲和诗歌等小册子，也了解了一些时代背景，学校内部的矛盾和斗争等。不知哪来的自信，就是决心要写下去。现在翻阅 1983、1984 年的日记，看到的都是给自己加油、不要动摇、说别人行自己也能行的鼓励话。那时我家中的事也不少，有全身瘫痪在床的老母亲要照顾；有新婚的儿子、媳妇、读大学的女儿、寄居在我家的侄女要照料，邱龙也在写

◀采访刘苇教授

作《运河支队抗战史略》，经常要出门采访和核实资料；加之家中人来客往不断。我居然忙中偷闲，一天写一点，几天写一点，不急不躁地笔耕不辍。但我最苦恼的是开始没有设计出主要人物和一贯到底的主要情节，故事讲不下去。就这么拖拖拉拉、写写停停，五六年写了两稿，近 20 万字，自己始终不满意，请有关编辑、领导等同志看了一下，都还是肯定的，并都鼓励我写下去。由于老同学的期待和我说话算话的性格，使我不能放弃。直到 1990 年，爱好写作的年轻作者李小萍突然提出要我将稿给她的先生，省里较有名的儿童作家王欣看看。王欣，是山东大学文学系的毕业生，一直从事创作，写了不少少儿小说。他经历过大学校园生活，又有写作经验，他要看，我当然很乐意，而且想到如果他看后认为有基础，愿意合作，那就太好了。我写这本书，不是为了名利，只是责任，将那个时期的学生运动做个真实的记载，了却我们那一代青年人的一个心愿。王欣将稿看完，主动提出愿意与我合作，并提出各人再拟一个提纲。经过一年的磨合，我写一遍他加工一遍，他加工后我又做修改，几个回合后邱龙也仔细看了一遍，说属中上水平，我才放下心来，联系山东文艺出版社出版，这已经是1993 年了。

王欣同志不愧是专业作家，他把我写的对立面学生杨文甫比较表面、单一的性格和形象丰满起来了，增加了浙江大学两个蒙古学生的人物形象，虽然着墨不多，但是情节发展到关键时刻起了不少作用。封面填写作者名加上他，完全应该，没有他的合作，这本小说将逊色不少。

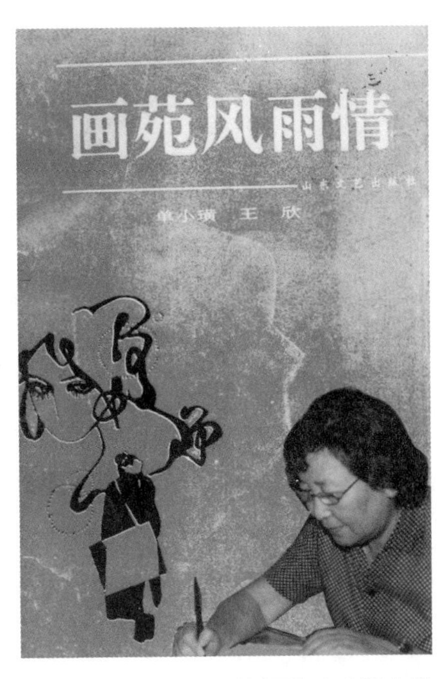

▲ 小说封面加个人写作照

小说名叫《画苑风雨情》，老同学看后很激动，好评如潮。还有一些认识的和不认识的作家写的评论文章，如：

《青春风采，时代画卷》，浙江《青年评论》1994 年 3 月，作者郑朝。

《风雨中的人情与人性》，济南《当代小说》1994 年 11 月，作者李永祥、石万鹏。

《历史画面中的情感呼唤》，《济南日报》1995 年 3 月 5 日，作者闫新华。

《一曲深沉、激励的青春之歌》，湖南《理论与创作》1995 年第

6 期，作者胡光凡。

《拂晓时的青春之歌》，《安徽新闻出版报》1996 年 10 月，作者白甫。

《透视历史》，《浙江作家报》，1997 年 9 月，作者白怀。

最使我感动和关心的，还是老同学的来信，他们对小说的赞赏和肯定，是给我的安慰剂。如在校时是地下党支部书记，解放后任《浙江日报社》美术组长的邓泳涛（原名邓永寿），写来密密麻麻六张信纸，约 3000 字，信的开头是这样写的：

“感到你写得既有文采，又颇浪漫，情节曲折，故事生动；人物个性鲜明，塑造典型形似；文字流畅，对话妥帖，把画苑青年学生努力学习，敢于斗争，和有些三青团员顽固保守，飞扬跋扈的各式人物形象，有声有色再现出来了。对当年民主学生运动也多次做了描述，反映了学校多数学生对民主、自由的渴望，少数坚持反动立场，一时得逞，但是不得人心的，这些都是当时艺专的现实状况。作者以现实主义精神和浪漫主义精神的创作方法生动地再现在读者面前，必定会产生令人惊叹的启发和教育作用……”

另外提了一些小说中反映了的和未涉及到的当时的学生斗争，要我再版时修改加进去。他的热情关怀，使人感动。

我的老同学、中国美术学院教授何志生来信写道：“我是多年不读长篇小说了，一是没有时间，另一个是没有持久的耐心。可《画苑风雨情》这本书，深深吸引着我，使我如饥似渴地读着它，仿佛回到了多彩的青年时代，一切都是那么亲切，那么令人神往。……全书结构严谨，情节与人物的开展自然，它真正做到了源于生活又高于生活。就后来司徒骏这个人物来讲，他的塑造集中了进步同学中各个同学的特点，把它集中起来，进行典型塑造……”

中国美术学院教授郑朝是搞写作的，他不仅发表了评论文章，还中肯地给我提出了意见，信中说：“……我们那代知识分子，都期盼有反映我们自己的文艺作品，但是很少。我们那时的艺专同学，也都怀念我们那段斑斓的不平凡的生活，许多人想把它写成小说或电影脚本……

“也有人希望我也来写一部小说，一则我编著任务太忙，二则我觉得写小说不容易，缺乏信心。读了你的大作后，我感到十分欣慰，你不负众望，相当圆满地完成了我们的夙愿。同时我也长长地舒了一口气，有了你的小说，我就不必自不量力地去写了，我想大家都会感谢你的。……我没有有意地去了解学友们对大作的评论，但也听到了一些。总的都反映不错。有的同学认为‘站得还不够高’。就这一句话，到底何以为高，我不详。我却相反，不太赞成过去的以阶级斗争的全局或高度去写小说。我觉得你的小说没有落入那个设置多年，影响至深的套中去。一位学长说：‘小璜凭借自己当年积累的表象深加工了。’不知此话是褒是贬，从字面上看，‘表象’之表是贬，但‘深加工’之‘深’是褒，这句话倒是颇有见地的。”

广州商场设计研究协会顾问周车来信谈道：“对于你寄来的书，细读两遍，心潮起伏，往事如烟，镜花水月，沧桑多变，人生多歧路。我们这一代人，都有着自己坎坷经历。国立艺专，人才辈出，名教授不少，同学中，国内外知名画家大有人在，从蔡元培办国立艺专开始，从来没有一本反映艺专学生生活的书，你完成了这本专著，可喜可贺……

“你的书，文笔清丽，有情节，有故事，几个主要人物都有血有肉，可读性较强，从儿女私情，学生生活中，在一定角度上，反映了时代风云，用心良苦，成就甚佳，在目前世俗文章低级趣味的拳头加枕头的出版物中，吹起了一阵清风，对目前的青年人有一定的教育作用。……当然，书中也有不足之处，右派学生的心态太简单了一些，但这本书是很难写的。……”

上海油画雕塑院雕塑家曾路夫曾热情积极地给我提供了丰富的素材，他和同学林一鹤都来信发了一些感慨。林一鹤信中写道：“记得在30年前我看了《青春之歌》，就感到特别亲切，只是遗憾没有一个人能把我们国立艺专的学生运动从头到尾写出来，现在我不遗憾了，《画苑风雨情》已经写尽了我们的心意，它可称为《青春之歌》的姊妹篇。《薪水是个大活宝》《茶馆小调》《你是舵手》……我还能倒背如流，当时情景恍如眼前，但我们不觉都步入古稀之年了，思想至此，不免慨然。……”

建国后一直在剧团当导演的孙鼎铭同学用300字一页的稿纸写了14页，共4000多字的信，集感慨、议论、意见为一体，他写道：“因为你写了盘溪、里西湖，我在那里生活过。你从素描教室走通了小说创作之路，返回你的内心视觉，把我曾经熟悉的也是陌生了的人们又复活在我的内感储存。你让我嗅到了那时好多气味，你调度我灵魂出窍又回游了一趟黑院墙和孤山。蚕豆豌豆花开，宿舍前稻田和鲫鱼……

“我总觉得您又引导我走进一个我尚未涉足的然而都是我布满过足迹的地方，似乎是个新的世界。说明你的视位、视点、视角创造的涵量是很大的。……

“由于具体环境、历史，你选择了风、雨、情的交织这一线索。这种反顾、追踪、想象所生发出的文学的一种清新气息，筛掉好多老调调、老手法，也没有硬去钻什么无序呀，反英雄呀，把魔术，把相声，甚至把两个人的感情方式输入汉化之中，这就叫新时期文学。我不知道你的文学道路是怎样进入自然、简约的美的。读后我是这种感觉。不禁让我想起你在校时，当然是很模糊的影子了，似乎‘林黛玉’？舞台上，我怎么也想不全了，可是觉得这种自然、简约，正是你的性格表现。

“求民主求生存在当时青年们的心里构成的主调是极具复杂而又深沉，何况又都是沐浴在艺海的浪荡之子（多数是流浪者、逃亡者），左中右之间，贫富之间，艺术见解之间，交错辉映，可谓西湖有浪，孤山不孤。我觉得不应只限于事件上的搏斗冲撞，当时更大的宇宙还在于心灵，人格的塑造，也是文学本体决定的。

“我把情感世界作为主要的对象客体和主体，我看待任何门类艺术都是如此。读你的小说时，欣赏的这类活动少了些。你写了人物的情、情思、情事，你也不愿意拔高某个人物，你不肯把某个人物脸谱化，这是非常非常不容易的事，是文学的功绩。然而作家的人格，作家所投入的情感，你的情感调子，你的情感魔掌，应当构成辐射力，起到共振心理现象，不仅使人看到，而且使人感觉到，这方面魅力略弱了一些……至于小说中这个人那个人，这件事那件事，作者的选择应有自由度。我略微遗憾的是你没有再展开想象，虚构出党的居于弱而显示其强的那种斗争韧性以及当时当局几种组织与校内外的重叠勾结，貌似强大但有多少理亏，这些人是很紧张的。这方面的虚构如果成功，我想会吸引更多的青年读者。……”

我之所以不厌其烦地将这些评论小说的信摘录下来，不是因为他们夸小说写得好，而是他们的心情，他们的感慨，他们对那段生活的难忘，因此对作品产生了偏爱。我知道我不可能站得高，看得深，受当时的我和现在的我的思想水平、艺术能力所限，但我努力了，勉为其难地完成了学友们交给我的历史使命。在几年写作生涯的拼搏中，谢谢同学们给我的鞭策，谢谢王欣同志的大力帮助，我也深深地体会到了“有志者事竟成”这句至理名言。这本书的完成，充实了我的晚年生活，从此精神上感到特别轻松，放下了记忆的重负。

悠游南国

旅游，也是我晚年的一项活动。虽然说写小说从采访、收集资料到写成花了近十年的时间，但真正执笔坐下来写也就是两三年的事。十年中我参加过山东省委组织的审查黄色书籍的审读组；审查、校对省文化厅出的一套山东省革命文化史料丛书《难忘的历程》；参加了省少年儿童剧本审读工作；还参加了山东省艺术学院编剧班教学工作半年。其他时间也是紧紧张张、忙忙碌碌。80岁的老母病重住院到去世；儿子结婚生子；女儿出嫁；侄女、侄媳来济学习、实习；老伴忙着为抗日烈士树碑立传，为家乡童家湾写史的工作，经常出差或请人来家住宿，商讨写作内容。这一段时间家中吃饭的人经常是七、八、十来口，我这个对家务事不感兴趣的人，居然也应付了这种局面。

应邱龙在运河支队时的战友之邀，1986年到两广、两湖、一海南市（那时海南岛属广东省）旅游，历时近两个月。参观游览广州市、佛山市、海南全岛、桂林、长沙、张家界、汨罗县、常德市、武昌、汉口、宜昌、葛洲坝等地。

1986年，邓小平同志提出的改革开放没几年，深圳经济特区建设正在进行、香港尚未回归，我们一行来到深圳沙头角，这里与香港边界相隔十几米，由两道铁丝网为界，中间有一条中英街仅三米左右宽。两边都是小商店，货物摊，一边是大陆的，一边是香港的，卖的都是日常用品、衣服、布料、鞋、袜等。货币人民币、港币65折，因时间紧，我算术又不好，大概在讨价还价上吃了不少亏，因为好奇，产品看来又很丰富，我也就不太计较。买了一些布料、现成服装、尼龙丝袜等，当礼物送人，算是体会了一下在边界购物的经历。另外也到罗湖桥伫立了一下，在桥中央跨一步过去就是香港，那时是绝对不允许的。对澳门也很好奇，我们到湾仔乘一小火轮绕澳门一周。澳门由三个小岛组成，只有6平方公里，那时有20多万人，这个城市经济主要靠旅游业维持，有舞厅、赌场等。星期六有香港富翁来此，据招待所所长介绍，来者带巨资赌博，不输光不痛快。我们坐在小火轮后边带蓬的船台藤椅上，看着澳门的高楼大厦。有一栋楼，听说是赌场，它的外表特殊，墙皮从不同角度看能变三种颜色。另外一座跨海钢材结构桥很长，沟通两个岛屿的交通。

当时对香港、澳门都很好奇。30年过去了，听说我们浙江舟山群岛，主岛定海与相隔几十海里的岱山、沈家门现在都有比这大得多、长得多的高架桥，全部在海上通车来往。

广州又名羊城，这是根据一个民间传说而取的名。好久好久以前，有五个仙女降落到此，变成五只羊，口衔麦穗，因此得名。现在广州越秀公园，就有五羊雕像。

我们还到了黄花岗，瞻仰了七十二烈士墓。看到了各国华侨捐献

▶ 广州越秀公园内五羊塑像

的 72 块石头砌起来的碑。去过“农民讲习所”“中山纪念堂”回顾了几十年前的革命历史。

到海南岛海口市，可坐海船，也可乘飞机。坐海船要一天一夜，遇到风浪，还得晕船；乘飞机只要 50 分钟，方便多了，于是选择了坐飞机。这是我第一次坐飞机，感到新奇，我坐在窗口边一个座位，专注地看着飞机起飞，很平稳，稍有一点电梯升起的感觉，飞行时，比汽车还平稳，声音也不大。这是一架美国波音 737 飞机，设有座位、行李架外，还有输氧、量血压的装置。50分钟，我望着窗外一动不动，开始升起，广州市的城市像积木，田地整整齐齐一块块，渐渐地飞机上下都是朵朵白云漂浮，阳光刺眼极了。

海南岛面积大约3.5万平方公里，我们用了一个星期的时间，坐着岛上部队专派的小面包车，围着海岛将各景点观览了一遍。

第一站先到儋县，这里有个华南热带植物科学院，我堂弟九毛单志宜在这个单位当技术员，勤勤恳恳，扎扎实实在此工作生活了30来年。这次我们去一直没与他打招呼，在午饭时突然来了七个人（我和邱龙、五姐、王永廉夫妇、枣庄党史办小郭、司机），他们很沉着，马上在外边订了四个菜，自己做了三菜一汤，但九弟还是不免说了一句："你们给我来了一个突然袭击。"五姐马上回答："但你没有打败仗。"他们的对话很妙，特记之。当天下午就去游东坡书院，书院离植物科学院有50公里，一路上我审视途中景色，只见大片的土地，大片的橡胶树林，这确实是个宝岛，只是尚未开发，公路两旁荒地很多，村落很少，路上没什么车辆，只有几部拖拉机和自行车，一段柏油路后，尽是红土、沙土铺的公路，但养路工很勤奋，一路不断地见到他们在养护。

东坡书院是纪念苏东坡60多岁时谪居海南岛儋州的经历，看到现在的海南岛的荒凉，可想当时生活的艰苦。谪居两年后才回原籍，不久即去世。他官居龙图阁学士，礼部、兵部尚书，相当于今天的教育部长、国防部长。他的贬谪，使我们联想到彭总、贺总等老帅在"文革"中的遭遇，慨叹不已。

第二天上午由九弟陪同，参观了科学园内的植物园，植物品种繁多，有些名字连九弟这个专家也叫不出，由于缺乏资金，管理又不善，内部的人力和资源都未得到充分开发和利用，真可惜。

下午赶往通什县，然后到榆林，在那里游览了“天涯”“海角”。就是在沙滩上的两块石头，“天涯”石在沙滩上，“海角”石是在沙滩旁涨潮时能泡在水中的大石头，因是在海南岛的极南边，所以得名。那时“天涯”“海角”也是简陋、荒凉，游客不多，比起青岛的风景差多了。

▲ 海南岛儋县热带植物科学院内，我和邱龙与九弟、五姐合影

回住处的路上，到“鹿回头”处观赏了一番。“鹿回头”在山上，汽车绕行上山，此时路还未修好，一路颠簸。“鹿回头”取名自一个民间故事：从前一个青年猎人追杀一只鹿，追到山顶无路可走时，鹿

一回头，变成一个绝色女子。两人一见钟情，结了婚，繁衍了这个三亚市的后人。不介绍不知其由，半山只见到一尊石膏像，有猎人、姑娘和鹿，听说是广东美术学院的学生雕塑的，准备改成石雕竖在山顶上。从山上往下望，三亚市建在一个大沙滩上，很危险，如果飓风大，海浪高，定会将三亚市吃掉。可现在三亚市是海南岛建设得最有名的旅游区，全球闻名。

从新林镇下车乘小火轮过海，就到了猴岛，这是个猕猴保护区。山上树林里住满了猕猴家族，我们在一旁的摊贩手中买一小袋带壳的花生，放在手上几颗，猴子就跑过来从手上拿走，一点都不伤你手。只见一些母猴怀中带着小猴，小猴用手和脚抓住母猴的毛皮，有时在母猴奔跑时，还悠然地吃着奶。不吃奶时，母猴前胸吊着两个奶头像

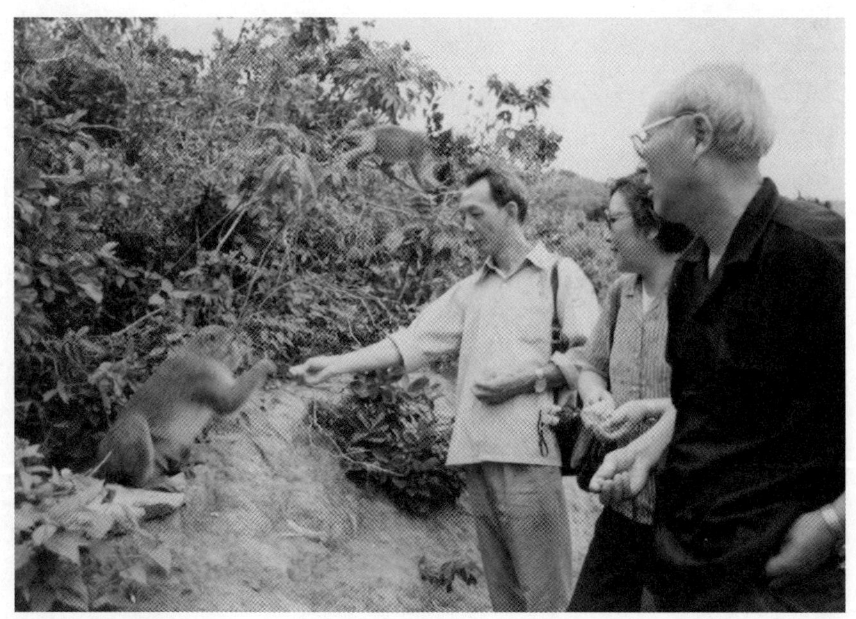

▲ 海南岛猕猴岛

两粒葡萄。

榆林军分区招待所与海口军分区招待所，可能是海岛驻军比较高级的招待所。听说 1971 年江青来海南岛就住在榆林军分区招待所一号楼，我去看了一下她住的房间，不一般的是，房中间摆一张大床，比普通双人床大二分之一。床上挂了一床白纱布大蚊帐，她在帐子里边和身边人打扑克，不受苍蝇、蚊子干扰。

▲ 海南岛某军分区招待所内椰子车前

院子里除种有椰子树、芒果树外，还有杨桃、槟榔、酸豆等，还有一种树结的果子像人的心，于是叫“人心果”，摘下来时还流白浆。

将回到海口，又去五公祠参观。五公是唐、宋时期被贬来海南的五个历史人物，李德裕、胡铨、李纲、李克和赵鼎。祠建于清光绪十五年（1889 年）。其中还有苏东坡的牌位，对联列于两边：

唐宋君王非寡德

琼崖人士有奇缘

在海口参观了海瑞墓。海瑞是海南岛人，是人人知晓的清官，他生于距今500多年前的16世纪初，人们纪念他，墓地虽简朴，但也有石羊、石马的雕塑群。

对海南岛我所以较详细地作以记载，是因为30多年来，他由一个地区提升为一个省，其建设的速度和质量是翻天覆地的，我记忆中的海南岛除几个景点外，其他一切可能已改变得面目全非，这也展示了我国改革开放30年来的飞跃业绩。

从海南岛坐海轮到湛江，然后又从广州到湖南长沙。在长沙，由邱龙的老战友张勇同志安排去新开发不久的张家界旅游。坐上一辆面包车，一路颠簸，三个小时到了常德。下午上了路，蜿蜒的山路，尘土飞扬，如果前面也有汽车，尘土更是挡住了视线，路上颠簸得愈发厉害，坐都坐不住，好不容易到了大庸县，住进了当地的宾馆。

第二天一早，因听说山中雾气大，看不清什么，9点出发，大庸县城离张家界还有33公里，一个钟头到了张家界黄狮寨，也叫黄石寨。我们沿着石级往上走，爬山。

这里没有名胜古迹，就是自然风光，山峰是那样陡峭别致，像一个个盆景。远山近景，奇形异状，巧夺天工。象形的山峰很多，有一座直立的小山峰，像个抬头远望的少妇，取名“望郎峰”；还有几个小山峰像顶凤冠，就叫“凤冠峰”。还有些名叫“雄狮扔鞭”“千里相会”“劈山救母”等等。中途，我们看到一种背水锦鸡，它能吸水至两腮，飞到山上，经几天将腮里的水喝下去，这种飞鸟羽毛非常漂亮。

▲ 在张家界黄狮寨邱龙偶遇老同学洪林

现在人流喧嚣，缆车满空飞的环境下，不知还有没有那些奇禽异兽的存在？

金鞭溪到水绕四门有十华里，步行一天一个来回，加上慢慢地欣赏，我的脚打了一个泡，但我还是流连忘返，贪婪地观望欣赏着小路小溪旁的奇峰异景。这里的山真是起伏连绵，像一道屏障，四面都是高峰，走着走着，小路都不见了，真是“山重水复疑无路，柳暗花明又一村”。山上有树，而山腰都是石壁峭立，无人敢攀登，也无法攀登。

张家界啊，你真是自然界的精品，我国有多少这样美妙的景色，但愿它永远保持天然古朴的模样。

我这一生，在同龄人中间，算是到过国内的不少地方，除新疆、西藏、内蒙、青海等西北地区外，其他省和很多市、县，我基本上都去过。

◀右上角为黄狮寨顶峰

去过有名的庐山、黄山、泰山等；看过、坐船游过舟山群岛的海、青岛、烟台、威海、蓬莱、大连、海南岛的海；晶莹的蓝色、浑浊的黄色的海。坐过渡海的小木船，捕鱼的机帆船，载客的海轮，航行在深海的军舰。

江、河、湖的各色船只我也坐过，黄河、长江、嘉陵江的客轮；湘江、汨罗江的小蓬船；西湖、东湖、微山湖、大明湖的各色小游船。

陆地上的交通工具，从上世纪20年代起，坐过一人挑两个竹箩筐的行路工具；坐过一人推着的独轮车，轿子、滑竿、马、马车。有了汽车后，坐过吉普车、大卡车、敞篷车、小轿车、大型客车。有了火车，硬座、硬卧、软座、软卧都坐过，也坐过闷罐车（统舱）、普通车、慢车、快车、特快、动车、高铁。我并不是一个特别爱好旅游的人，但我经历的地方，涉及到的交通工具算多的，从低级到高级，看出我们时代的变化。随着历史的车轮，从贫穷到富有，从落后到强大，我的祖国已步入世界先列，她有深厚的历史文化，她有辽阔壮丽的山河，她有淳朴勤劳的人民。几十年来，我为祖国每一点进步而热血沸腾，特别自党的十八大会议以来，反腐创廉的功绩，依法治国的深化，我们的党和国家将越来越强大，一定会永远立于不败之地，实现人人盼望的“中国梦”！

高龄游异邦

——日记摘抄

不是心血来潮，而是女儿见我一辈子搞文艺工作，应该去艺术王国——法国巴黎看看，了却一生的心愿，所以她鼓励我趁身体还没大毛病，跟旅游团去欧洲八国一游。妹妹小玲愿意同行，可以照顾我。同行者，还有小玲的朋友，一对夫妇。这时正值 2001 年 9 月，我 75 岁之际。没有犹豫，办好手续就上路了。

不管游览多晚多累，一到宾馆，我不洗漱，先坐下来量血压、写日记。现将 15 天的日记摘抄于下：

9 月 19 日

凌晨不到 5 点就起来了，7 点女儿丹丹、外甥女小茜把我和小玲送到火车站，坐上了去北京的火车，五个小时即到达。女婿王旭东在站台接我们下车，并安排我们住在离飞机场较近的一个天驿宾馆休息。这时大概是下午 3 时，还可以躺一会。

能这样顺利、方便出行，都是丹丹忙前忙后的结果，她安排得仔细、妥帖，临行前对我一再叮咛。昨天晚上，电话铃声不断，丹丹、童星、秀荣（烈士遗孤，我和邱龙的义女），都给我送上了关怀与祝福，真叫人感到亲情的温暖。

晚上 9 点在机场集合，12 点即向法国巴黎飞去。

9 月 20 日

有旅客说：“还未开始玩，就累坏了。”是的，昨天早 5 点多起床，在火车上近五个小时，在北京等飞机 12 个小时，到今天 10 点多到达土耳其伊斯坦布尔才下飞机（伊斯坦布尔的时针指向早上 6 点多），转站、等飞机，到巴黎还有 9000 多公里。中午到达巴黎就去卢浮宫参观，直到晚上在宾馆躺下已是晚 11 时了。这样算下来，我两天 42 小时没闭眼。

▲ 巴黎卢浮宫外厅

卢浮宫，世界艺术之宫，早已向往，只是时间太短，匆匆浏览而过。

看到了蒙娜丽莎原作，画不大，挂在并不太显眼的地方，她含蓄的微笑，令人捉摸不定。我喜欢油画，特别喜欢有人物、有表情、有情节的画作。有一张画高到房顶，低到地面，有74平方米。拿破仑加冕一图，70平方米，里面的人物繁多，个个栩栩如生，主要人物穿着毛皮的外套，丝织的内衣，毛皮像真的一样，蓬松而有质感，真想触摸一下。下午还参观了巴黎圣母院。

9月21日

今天参观了凡尔赛宫、埃菲尔铁塔、凯旋门。

凡尔赛宫富丽豪华，客厅、游戏厅、寝宫，满房都是壁画、雕塑、

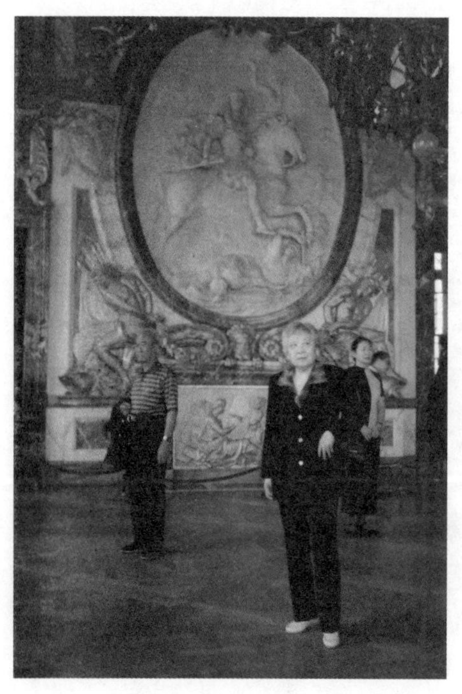

◀巴黎凡尔赛宫内

蓝色水晶挂灯。路易十四掌权70多年，战功显赫，但国库空虚。路易十五是个庸君，挥霍奢侈。路易十六贪图享乐，被人送上了断头台，然后爆发了法国大革命，拿破仑即出。

巴黎有1000多万人。晚上坐游轮游塞纳河。游玩后，步行回宾馆，转三次地铁，导游还领我们看了英国王妃戴安娜出车祸的地方。

9月22日

卢森堡是个国名，也是个省会名，共300多万人。公路两旁一片平原，树连着树，只见叶子不见杆，地面一片绿荫。

上午四个小时即到达，城市干净得叫人舒服。吃饭都是到华人开的小餐馆，菜肴不外红烧肉、排骨、鸭子、鱼、豆腐、卷心菜等。大米是泰国香米。饭后还有汤和水果，水果以橙子为多。

在卢森堡就看了一个大峡谷，路两边深下去几十米，峡谷内就是树、花和小路。还有一个大公馆，就是一个办公大楼，没有牌子，没人守卫。

三个小时就到了比利时的首都布鲁塞尔，看了皇宫、原子球外貌。引人注意的是，在一个不起眼的小街转角处，竖立一个裸体小孩在撒尿的铜像，一个胖胖的50多岁的人正在给铜像穿衣服。这个小铜像有个美丽动人的传说。敌人攻城，点上雷管火线，一小孩看见，撒上一泡尿熄灭了火花，因此人们奉之为小英雄。为了敬仰他，雕塑家为他塑了像，世界各地都有人将衣服送来。我们正好赶上给他换衣服的时候。

今天早餐在巴黎，中餐在卢森堡，晚餐在比利时布鲁塞尔。

9月23日

从布鲁塞尔到荷兰首府阿姆斯特丹，坐大巴四个小时。先参观了木屐屋，是白杨木做的木头鞋。此地潮湿，雨季农民干活，套着木鞋干。小商店中有不少用小木鞋做成的各种工艺品。

下午去了风车村，这是集荷兰农村的特点建成的一个游览点，有做木鞋的，有以风车推动磨油的，有水塘、小溪，风景不错。

9月24日

到达科隆，已进入德国地界了。这里是西德，丘陵地带。因是一个工业城市，有名的大教堂也被污染，几年就要洗刷一次。教堂有170米高，里面安葬着三贤王，是他们发现耶稣诞生的。旁边有一人行小街，专卖不锈钢的产品，我看到一种巴掌大小型孔雀状小剪刀，非常好玩，就买了几把，准备送孩子们，价格不菲，160多人民币一把。

9月25日

上午到了法兰克福汽车博物馆，主要是生产奔驰汽车。展览的汽车形式很多，有马车型的，带篷子的，颜色更是五颜六色。

下午到了慕尼黑，看了1972年奥运会的奥运村，此地曾遭受过破坏，现在一些小山包，都是废弃的建筑物堆砌而成，上面覆盖了草皮，旁边有小池塘、游来游去的小天鹅、鸭子等。

总的看，这些国家的农村比我国强多了。一片片草地，一片片庄稼，房子不多，都是尖形的红楼房。见不到地里有人，主要是机械化种植、收割。

9 月 26 日

昨天慕尼黑举行了啤酒节，客店爆满，大巴把我们拉到近郊一个度假村住下。周围是一个个典型的德国农舍，都是不一样式的两层楼房，前面一个小院子，还有车库。楼上凉台栏杆上和楼下窗台上，都种有一簇簇红、白、黄等色的小花。

9 点半才离开这个小村，不到一个小时就离开了德国，到了奥地利萨尔茨堡。

奥地利是个音乐之国，因著名音乐家莫扎特、施特劳斯闻名全世界。莫扎特生于萨尔茨堡，但他在故乡并未受到大主教的呵护和尊敬，直至他 35 岁未写完《安魂曲》便病故。

奥地利在第一次世界大战前版图不小，他不是用武力征服别国，而是与一些国家联姻。将公主嫁出去，又将别国公主娶进来，然后吞并了别国。

下午乘车四个多小时到达维也纳，接着参观了皇宫。

9 月 27 日

维也纳是奥地利首府，是世界闻名的音乐之都。一上午紧紧张张地参观了市容、皇宫、市政厅、国会、国家歌剧院……都有不少塑像，最突出的是音乐家施特劳斯的金塑像。这个塑像原来是铜的，日本出资为它贴上了金。

在水晶店买了点水晶首饰。下午就是坐车，18 点到达小镇格拉斯

◀维也纳歌剧院

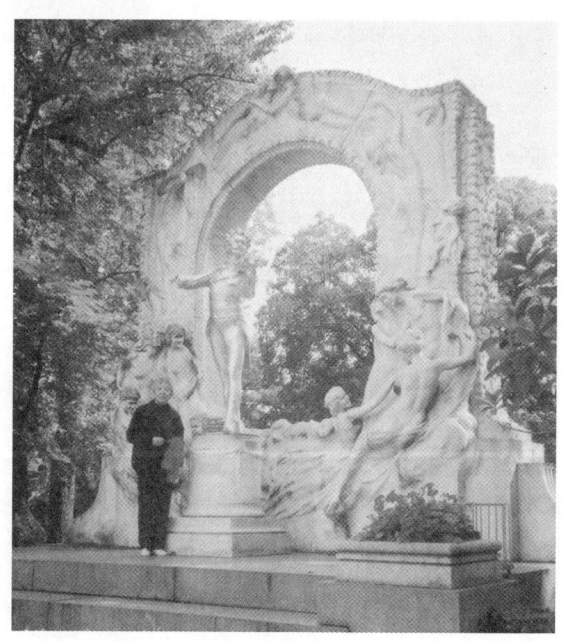

▶ 维也纳音乐家施特劳斯金塑像

吃晚饭，然后住进一五星级宾馆。

9 月 28 日

昨晚少走了路，今上午要坐车六七个小时才能到威尼斯，所以早 5 点就起床，每人发一袋早餐：两块面包，一瓶果汁，三颗巧克力，一只橙子。6 点开车出发。

12 点多到达威尼斯，饭后，即赶往船码头，坐小客轮到各个岛屿参观：圣马可广场大教堂、皇宫、叹息桥……这真是一座水城，基本上城市就在海上。

9 月 29 日

昨天太疲劳了，今天 7 点起床，8 点 30 分开车，三个多小时到达意大利原首都佛罗伦萨。因游人多，大巴不能进市区，也因此地道路很窄，像迷宫一样弯来拐去，要求大家步行，一个挨一个，掉了队，找都不好找。我走得很慢，跟不上队，想了一个办法，由小玲跟在队后，转弯时朝后面掉队的我举一条红纱巾摇几摇，我随着红纱巾拐弯，七拐八拐，到了米开朗基罗广场、圣约翰洗礼纪念堂。

走路的时间太多，走得又急，17 时许开始心律不齐，坚持到 18 时多，到达餐馆后，同行者给了我三颗药丸“心宝”，吃后不久即心律正常。在旅游团女性游客中，我是年龄最大的。但愿健康、平安地回国。

9 月 30 日

两个小时到达比萨，这里以一座斜塔出名。这座塔建于 1173 年，建成于1350年，建了177年。建到第二层时就发现倾斜，到建成，倾斜度4英尺，可至今未倒，可谓奇迹，所以成为世界十大奇迹之一。

午饭后，赶往罗马，到罗马宾馆，又是20点。

10月1日

这里地域偏南，比较热，穿件衬衫还出汗。

从罗马直抵梵蒂冈，看圣彼得大教堂。教堂内真是金碧辉煌，壁画不是画的，而是由一些五颜六色的小石块拼的，如不讲解，真看不出。梵蒂冈就是因这一教堂成为一个小国。世界基督教首领均来此朝拜，教主是大家选的。这里游人之多，真是罕见。我还看到了三个头戴白头巾、身穿灰大袍的亚洲人。听说，这就是朝拜者，修女。

午饭后，看了罗马的许愿池、斗兽场。斗兽场只存在一个残破的外壳，据说，当时并不是兽与兽斗，而是死刑犯与兽斗，残酷之极。再就是古城墙，一段残破的土墙。

累了，不止是我，大家都累了。

今天是国庆节，又是中秋节，家中一定很热闹。我在罗马望着同一个圆圆的月亮，向遥远的家人祝福。

校 庆

1988年10月，收到母校庆祝建校60周年纪念大会的邀请，我很高兴。虽然从1949年5月离校至1984年，我因工作，又为写小说采访，见到在杭工作，在校执教的老师、同学有六七次之多，但这次能见到这么多来自全国各地近40年未见的老同学，那是太难得了，也成了我进一步采访的好机会。

60年，国家动荡不安，经过翻天覆地的变化，校名也改变了六次。

1928年3月，在杭州西湖的孤山罗苑正式创建国立艺术院。由当时中华民国政府教育总长蔡元培亲题校碑，著名美术家林风眠首任院长。应该说国立艺术院的创立是“五四”新文化运动的产物。

1929年10月，国民政府教育部令更名为国立杭州艺术专科学校。

1938年3月，因抗日战争搬迁至湖南沅陵、沅江、老鸭溪，与北平艺术专科学校合并成为国立艺术专科学校。

1945年8月15日，抗日战争胜利后，两校于1946年分开各回原址，恢复各校原来校名。

1949年5月，杭州解放后，学校进行军管，地下党员美术家仉贻德、刘苇以正副军代表入驻学校。

1950年，改名为中央美术学院华东分院。

1958年8月28日，又改名为浙江美术学院。

1993年底，正式改名为中国美术学院至今。

这次校庆，我最要好的三个女同学未来，其他相识的、比较亲近的男女同学一见面，也感到特别兴奋和亲切。他们大多还是在美术界，有的已成为专业画家，有的在一些省级艺术学院任教，有的在北京和各省、市出版部门当美术编辑，有的专画连环画、搞花布设计、舞台设计、橱窗设计、民间印染花样研究等等，真是五花八门，各显其能。如果没有受到各种政治运动的波及，这些同学的美术成绩将更加突出。

▲ 1988年60周年校庆，从右至左为李畹、汪瑾、单小璜、陈汝勤、凌环如、韩之媛

建国近40年来，美术界也是政治运动的重灾区，我认识的老同学，差不多都受到过轻重不一的冲击，有的劳改几十年，陶敏的丈夫只是其中之一；还有原是国民党、三青团的；有的还是参加过抗日战争青年军的；还有的在校时参加进步活动，但仍诬为特务、反革命分子的；还有的两耳不闻窗外事，一心专在画图中的白专份子，受到批斗、迫害的不少。我认识的和蔼、对人亲切的雕塑系老教授周轻鼎先生，1983年我采访他时，他就亲自在我的采访本上记下他在“文革”后写的一首诗，抒发了他受冲击时的心情状况。可惜这个采访本我百寻不见，只记得有这么一句“三千鸟兽尽遭殃”，就是说他几十年雕塑的成果，三千件雕塑烧制成瓷器的鸟兽作品都被造反的人砸毁了。半生心血，毁于一旦，可惜、遗憾、可悲、愤怒，都难表我当时的心情，可先生给我讲时，竟心平气和，毫无半点怨恨、愤懑情绪。“文革”结束后，他继续搞雕塑，到1984年我采访他时，他的作品，在排排的木架上，又摆满了一屋子。他选了一对淡青色的瓷鸭子，一只酱色的瓷公鸡送给我，作品底部刻着84岁、85岁轻鼎制作字样。我珍藏着。

前面提到的仉贻德、刘苇正副军代表入驻艺专，仉先生原本就是艺专西画系教授，后任副院长，地下党员。“文革”中他也没逃过这一劫，被批斗、迫害致死。刘苇先生是他的夫人，1943年即入党，上海美术专科学校的学生。她上学之时，女生还是凤毛麟角，她是一个叛逆旧社会、叛逆旧式婚姻的革命者。原在苏州社会教育学院艺术系任教，1948年底调来杭州，参加杭州地下党文教委员会，与各大学地下党联络，布置“应变会”，提出“安定人心，留在学校，保护学校”。

我与她第一次接触，是在1948年浙江大学学生自治会主席于子三被国民党爪牙杀害的游行事件中。那天有人通知我先不参加游行队伍，而是与高班同学邓永寿（学校地下党支书）在游行队伍通过的路边等候，等游行队伍来到时再插进去。我和邓在路边一等再等，游行队伍就是未出现，只等来了刘苇先生。她挎着画板，慢慢地走到我们身边，低声说："你们不要等了，游行队伍已被包围在浙大校内出不来。"说完，她就走了。第二次就不是接触了。1949 年我刚参加浙东游击队文工团不久，学校传达室老工友带信给我：要我回校一趟，收拾寄放在学校的东西。文工团批准我三天假，在学校见到了刘苇先生，她热情地与我打招呼，并安排我在学校食堂吃了一顿饭，她付的饭票。1984 年，她住在校内老师宿舍，这时学校早已搬迁到西湖景点"柳浪闻莺"，就在南山路边，风景还是非常好，紧挨西湖，有亭台楼阁、柳树成荫。她的宿舍就在南山路边，我去看望她、采访她，她又留我吃了一顿家宴。她慈祥、可亲、可敬，并暗示我她画了很多画。当时如果我请她送我一张，她是会很乐意送我的，可我就未动这个心思，真是傻透了。在这次校庆纪念会上，宣布赠予刘苇先生为该校"终身荣誉奖"。我在台下为她热烈鼓掌。

西画系胡善余教授，校庆时与其在画展室中相遇，他还认出了我，对我说："我曾为你画过一张油画像，'文革'中遗失了，如在我一定送给你。"是的，这件事我记得很清楚，那是 1947 年春天，他邀我去他家，要我当模特，为我画幅像，我同意了。有一个星期的时间，每天下午我穿过苏堤到他家，一幢平房中的一间画室，换上他为我准备的一件丝质紫色旗袍，披上黄色的丝巾，半侧身坐着。像画成后，作品参加了学校内部展览会。这次听他说遗失了，我感到很惋惜，但没说什么，只是朝他遗憾地笑了一笑。

学校安排的业余活动很合理，1949 年以前的校友单独集中活动。在学校附近一个宾馆的一间宿舍中，坐了不少老校友，我走进去坐下，有几个我认识，想在空隙中采访他们。这间宿舍的房主人瘦瘦的，热情地给大家泡茶喝，我没认出他是谁，只听着满房人你一言我一语谈着各自的遭遇。我没说话，只和几个熟悉的同学照了几张相。快到吃午饭时，突然有人叫房主人“周驹”。我猛然想起，周驹不是和我同台演出话剧《北京人》《夜店》的高班同学吗？我演《北京人》里的女主人公愫芳，他演的男主角大少爷；《夜店》中我演的“林黛玉”，他演的“林黛玉”的败家子丈夫“金不换”。两次演搭档，够熟悉的吧，怎么当时的一点影子也没有了呢？他也没认出我来，真是世事沧桑，我惊愕中又有点快意，终于找到一个当时不左、不右的中间人物可采

▲ 1988 年学校 60 周年校庆

访了。可惜的是他正碰到一件烦心事，没情绪和我谈心，采访告吹。

除此外，我还见到了不少比我高班或低班，有点认识或不认识的校友，他们有的成为全国一些省市，特别是北京、上海、南京、浙江省地市美术界的顶尖人物，他们和我攀谈，后来竟将他们的画集寄给我，有油画集、水彩画集、木刻画集，最多的是中国画集，其中白凡（笔名）的指墨画集（用手指画的）、建筑设计图集、邮票画册等等，名目繁多，琳琅满目。我非常感谢他们的馈赠，收到后都一一打电话、写信道谢。特别是有一位叫许继善的同学，21 世纪初来济访友，打电话向我问好。我回电话请他来家坐坐，并约好一天我去车接他。没想到把他接来后，他坐都没坐，就要我摆画桌，从他带来的一个提包里，拿出画笔、宣纸、颜料等，竟然画了起来。先画完一幅纯墨色的水仙图题名送我，然后陆续画了三、四张彩色的花卉图，题名送邱龙、儿子、女儿，女婿抓紧又请他画了一幅牡丹送他的母亲。直到吃午饭才休息，我真过意不去。

许继善，1928 年生，1947 年考入杭州国立艺专，学国画，师从潘天寿、吴茀之等。毕业后，一直坚持习画，是中国美术家协会会员，国家一级美术师，在国内外书画大奖赛多次获奖，其中六次获金奖。

他的一份情谊，我还没有回报，2011 年即传来了他不幸去世的消息。

1988 年、1998 年、2003 年，我三次参加母校校庆，见到的校友不少，了解一些人的经历也不少，勾起的记忆也不少，增添的喜悦和忧思也不少。建校近 90 年，健在的老同学寥寥可数，再过几年，我们将湮没在尘世间，但有些学友、校友，他们的作品、遗墨将永存于世。

▲ 1998 年 70 周年校庆，部分老同学、校友合影

▲ 2003 年 75 周年校庆，同时庆祝新校落成

半个世纪后的聚会

非常后悔，2002年在杭州举行22军文工团、队老战友第一次聚会，我没去参加。老战友们，你们都好吗？见面时，互相还能认得吗？

没去的理由其实很简单，就是出游八国后，回来住院检查，确诊患有“肥厚性阻塞性心肌病”；加以杭州已去过多次；多年来较熟悉的几个老同志也见过面，所以犹豫中没去成。但到会的人数较多，相识的人又有不少，来自各省各地，想见多不容易啊。但后悔有什么用！得知2003年在合肥举行海防文工团聚会时，我积极要求参加了。

海防文工团是22军文工团、队撤销后，于1958年部分老团员又转到新成立的舟嵊要塞文工团，后改名海防文工团。舟嵊要塞警备区，就是22军的班底，番号虽变了，但人员依旧。我参加，就是要去见见原来部分的老战友。

相见时激动、兴奋，手握得紧紧的，当时十几岁、二十来岁的小战士，现在都是古稀之年的人了。几度分分合合，最终连这个受到解放军总政的表彰、被评为全军文艺单位标兵、荣立了二等功的海防文

▲ 2003 年在合肥部分 22 军文工团同志合影，前排左 3 为傅泉团长

工团，也于 1969 年撤销。战友们有不少受各个时期政治运动冲击，大多先后转业地方，有的当了工人，有的当了公务员和各行各业的小职工。但金子放到哪里都是会发光的，不少战友到地方后，再度努力，仍发挥了部队的优良传统，保持了在部队学习到的文艺技能，不论留部队的，还是转业到地方的，涌现了不少全国知名、卓有建树的小说家、剧作家、表演艺术家，美术、舞蹈、曲艺、舞美专家等。而这些成为“家”的战友们，参加部队时才十三四岁，文化程度不过小学，就是在战斗中，在“为兵服务”中，苦学苦练，坚强奋斗而成长起来的。看到他们的成就自愧不如，也衷心祝贺他们事业的成功。集体活动外，个别交谈时，谈到不少个人的坎坷经历，不胜唏嘘。

聚会时，还游览了李鸿章故居、包公祠等。

原二十三军文艺兵二〇〇七年青岛留念

2007年，邱龙生病期间，虽在平稳期，我也是不放心，但22军文工团又在青岛举行聚会。这么近，又是全军的文工团、队成员，不但国内各地的战友参加，还有在国外定居的战友也来到，济南离青岛又这么近，我不能不去，哪怕只待三天。我给孩子们交代好了家事，坐上动车，三个来小时就到了青岛。

这次见到了更多的老战友，有戏剧队的、音乐队的、美术队的，过去接触多的，没大接触到的都一见如故，嘘寒问暖。

青岛，我不陌生，上世纪五六十年代，邱龙带我和母亲、儿子、女儿，三次来此休假，我因工作出差也来过几次，但它还是改变了不少。三天聚会中，我跟着去观看了新建的海底游乐场，欣赏了海豚表演，看了各种奇形怪状、色彩斑斓的鱼类海底世界。

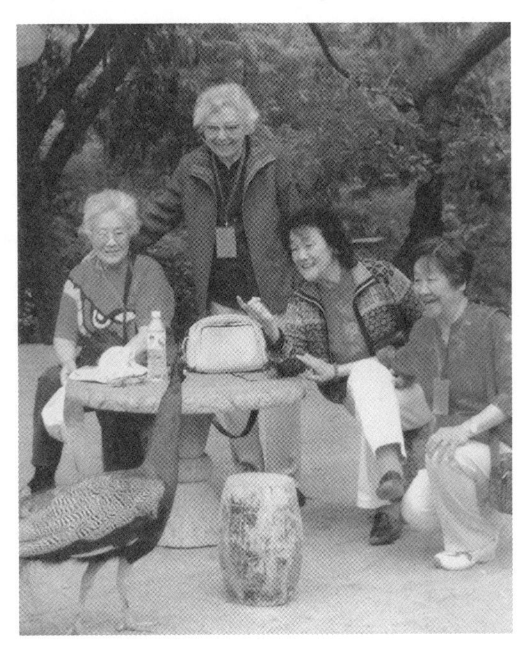

▶ 2009年在枣庄抱犊崮公园逗孔雀。王健（左1）、袁素珍（右1）、张瑶（右2）

2009 年，在枣庄又举行了一次聚会，邱龙走了一年多，丹丹陪我来到了枣庄。这天，雨下得很大，幸好干休所派了一辆小轿车送我来的，因到枣庄还没有直通火车。能受到这种特殊待遇，得知是所部知道枣庄是邱龙生前战斗过的地方，出于对邱龙生前所作所为的敬佩，因此，对我进行了这次优待。我在聚会中的空隙，去瞻仰了邱龙耗费大量心血建立的“运河支队抗日烈士纪念碑”所在地。

聚会负责人安排了在革命老区参观、缅怀、凭吊、游玩的多种活动，去了台儿庄、微山湖、战斗英雄陈金合的墓地、电影《铁道游击队》的拍摄场地等。

此类聚会以后在南京、宁波、舟山又举行过，我都没有参加。一则，我个人年事已高；二则，同期还健在的少之又少；三则，生病不能出行的也不在少数；四则，该见面的也已见过了。

我该休息了。

一个品德高尚的人

婚姻，不论男女，都是人生中的一件大事，关系到一生幸福的指数，尤其是女人。古人云，女人得三从，三从即：未嫁从父，既嫁从夫，夫死从子；俗语说：嫁鸡随鸡，嫁狗随狗；今人称：女怕嫁错郎。不论是封建的、民间俗语，从古至今，我认为女人低一头这是事实。不幸的婚姻，大都是女人嫁错了郎。女人的生活遭遇，大多还是以男人兴衰为主。

我很幸运，嫁给了一个品德高尚，感情始终如一，一生尊重我、信任我、支持我、给予我充分自由的丈夫。同样我也是尊敬他、信任他、支持他做的一切，甚至非常依赖他。这些说起来容易，但真正做到是太不简单了。特别是年轻时，我结识的男性朋友、同志、同学、同事不少。通信他不管，探望他不究，来访他热情接待。我心中无虑，他思想坦然，这是对我的人格和感情何等的信任和尊重。对我的工作和感兴趣的事他积极支持。跨省调动三次，我都没与他同行，等工作岗位稳定了，我才随后报到。我写了一部近 40 万字的小说，他支持我出

◀1962 年摄于上海

外采访，在家撰写，并帮我抄稿。在我感到作品写得不理想时，有些泄气，他鼓励、坚定我的信心，说：“小说已达到中上水平。”当中国戏剧家协会要出一本《中国戏剧家词典》，通知我填表时，我认为我不够条件，不想填写，他鼓励我说：“一个女同志像你这样也算不错了，不少填表的还不如你哩！”寥寥两句，我决心填了这张表。书出来了，但我还是担当不起“戏剧家”这个称谓，书一本没留。不过他对我诚恳、含蓄的表扬，我铭记在心。

最值得我感谢一生的，是在一个特殊时代，他对我政治生命直接和间接的、有形与无形的庇护和引导。

我家庭出身不好，作为当时的军干部部部长是最了解的，他一直否定“血统论”，肯定了“有成分论，但不唯成分论，重在政治表现”的正确观点；在我填社会关系一栏时，将我父亲的社会关系也写了，他提醒说：“你是写你的社会关系？还是写你父亲的社会关系？”他言语不多，往往一语中的。上世纪我参加革命的50年代至80年代，政治运动频繁，尤其是“文化大革命”，一场混战，今天是革命的，明天成了反革命；今天是反革命，明天又是革命的，黑五类、狗崽子等等叫法，使人时刻感到不安。而他在“文化大革命”十年中，神情自若，镇静稳妥。初期在北京中国科学院革委会、济南铁路局革委会担任领导工作，他没有支一派压一派，正确对待群众运动，没犯什么错误；1968年到1974年接受早已有结论的被俘问题的审查，他心胸坦荡，豁达乐观。在空闲时间，收集毛主席像章，用有机玻璃加热溶化成液体，将像章放在模具的液体中，压上一层成为透明的玻璃，像章自然永不会腐蚀。闲时，他照样出进文物店，选购自己喜爱的、别人当“四旧”抛售的珍贵的小工艺品。他的镇静、他的悠闲神态，使我不安的心神得以平稳，他确实是我精神的支柱。

对于我的家庭，他完全按政策办事，我父亲本是起义人员，后又判刑劳改。在劳改中，他支持我每月寄一点生活费，不要不管不问，说：“我们共产党人，不让一个人饿死。”1980年是他支持我写申诉书，并在出差时亲自请人转交湖南高等法院，很快父亲得到平反；新中国成立初期，见我母亲一人在老家，他提议接来同住，并交代我好好照顾。在母亲病重几年中，他请人给病重的母亲在床上做一靠背架、小餐桌，好坐起来吃东西。那时是上世纪80年代初期，一切为病人、老人特殊的生活用具都没有卖的，都得自己想办法做，他不嫌烦，也都想到了。他喜欢历史，有传统文化情结。在给他父母用山东有名的黑色大理石做墓碑时，也给我父母雕刻了一个，用火车托运回了各自的家乡。

他感情深厚，心思细密，对自己的父母、兄弟照顾得无微不至；

侄女、外甥等等亲属，他都关心，支援他们上学、深造。他对待一个全国解放前从未见过的同父异母的弟弟，如在1956年生活比较安定后，他把从未见过的一个同父异母的弟弟接来家中，负担他生活、学习。1958年，部队规定非直系亲属不可留队，他才将弟弟送回老家，但他并没有放弃对他的教育和关切。弟弟不爱读书，他建议他学缝纫，送他上培训班，为他买缝纫机。最想不到的是，他竟将一些工厂的下脚料和小布条打包寄往老家，让弟弟练习踩机缝纫。

对国家、人民、战友、烈士，他忠诚、热爱、念念不忘。离休20多年，为烈士树碑立传、对家乡扶贫捐赠书画等感人事迹，经报刊宣传，我都编入了纪念他的《皓首情更真》一书中，还有他的生平履历，在这一节后面将做专门介绍，在此不做更多记述。

他是我的老师、兄长、伴侣、亲人；他是一个纯粹、高尚、几近无私的共产党人。在清正廉洁方面，他应该说是楷模。别的不说，他对待家人和亲属，虽关怀备至，但从不做违规的事。他唯一的小弟弟，一直当农民；他唯一的侄子，夫妻自己创业开诊所；侄女们，都是中专生，个个打工；我们唯一的女儿，虽是大学毕业，也没在政府、企事业单位谋职，而凭自己的能力做着自己喜欢的事业；唯一的儿子当兵退伍回家，参加了1977年恢复高考的考试，仅差十来分，上了电视大学，后被分配到政府部门当一般干部至今。

2008年2月，他因心脏病住院。他为国家、人民、烈士该做的事已经做了，但他还不满意又生一心愿，为故乡近百年来各个时期大事件中牺牲的童姓长辈、同辈建一个纪念室，为在武昌首义、广州暴动、中缅抗日前线、红军时期、抗战、解放战争时期、抗美援朝时期的健在的和牺牲、病故的战士亲属都留下照片、生平事迹，使童家后代子孙永志不忘，代代相传这种为国为民的革命传统精神。他知道这一心愿他实现不了，就召集一双儿女于病床前作了两个多小时的交代和嘱托。这就是他的遗言，一个一生革命老人的最终心愿。

四天后，23日凌晨5点，医生在紧张地进行抢救，我茫然地看着、听着，脑子一片空白。医生停止了抢救，我慢慢地走近床边，看到他静卧的脸，我想摸摸，医生轻轻地说："就摸摸手吧。"我握着他的手，已经冰凉了……慢慢地人也一个个走了，儿子、女儿也跟着安排去了，只剩下公务员在收拾东西。这时，我才真正哭了，不是暗泣，也不是号啕大哭，只是哭泣悲啼，而且竟然伤心地跺了几脚，我突然第一次意识到"捶胸顿足"这个词的真实意蕴。

不开追悼会，不送花圈，这是我们共同的意愿。2月25日上午，殡仪馆还是来了不少送别的人，省军区的领导，干休所的干部、战士，远道来的弟弟、侄子、侄女等。在进行告别时，我看到了侄女童梅在伯伯遗体前跪下了，童芳扶着护栏痛哭。正值此时，厅外突降大雪，大树、屋顶顿时盖上一层白色，义女秀荣在我耳边细语："他们说：'天公为之动容，大地为之戴孝。'"

我心中默祷：好了，天时、地利、人和，你都占有了，你瞑目，我宽慰。你一生无愧于国家、人民、家庭、亲友、后代。山东省军区老干处、电教中心，为你撰写了纪念文章，摄制电视专题片，大家永远记着你，我们全家怀念你，爱你！

附：缅怀童邱龙同志，在此介绍他的生平和他践行理想的一生。

童邱龙，原名传斌，1920 年生，父亲原来家境贫穷，后经商，成为小商人。姐弟五人，本人居四。7 岁进响山学堂，童姓以书香传世，在祖辈的熏陶下，他和童家入学子弟个个好学上进。1932 年夏，随大姐夫到南京，就读于新莱市小学，后转绿筠花圃小学。

1934 年夏小学毕业，回武昌，考入湖北省立第九中学。在中学，受到新思想的影响，又请堂兄童陆生（1923 年中国社会主义青年团团员，1926 年中国共产党党员）的朋友李继实（中共党员，后改名李实）补习功课，受其教育颇深。1935 年，"一二·九""一二·一六"学生救国运动在全国兴起，15 岁的他加入了运动的行列。1937 年夏，他中学毕业，时值"七七"卢沟桥事变，他再无心求学了，成天在邻街青年会里看报纸、翻杂志。当他从报纸上看到一些青年奔赴陕北的消

◀1937 年在汉口参加革命前夕

息时，决定去找共产党，参加抗日。

1937 年 10 月，经李继实的介绍，与科普作家高士其一行三人登

▶1938 年在延安抗日军政大学

上了北去的列车，赶赴延安参加了革命。

在延安，抗日军政大学学习两期军事、政治。毕业后，即派往山东开展敌后根据地，分配到活动在苏北邳县的八路军山东纵队陇海南进支队随营学校任政治教导员；19 岁调到邳县独立团三营任政治教导员，当年 11 月又调任为团政治部主任；21 岁时曾派去中共山东分局高级党校学习；22 岁回到鲁南军区，担任直属队总支书记，干了才两个月即被派往运河支队当政治部主任、副政治委员。

从 22 岁到 25 岁四年的抗日战争时期，他的青春、血汗都抛洒在运河支队所管辖的地区内，所以运河支队成为他最难忘怀的战斗集体。运河支队全名是 115 师运河支队，是 1939 年在罗荣桓政委亲自关怀下

将爱国人士孙伯龙、邵建秋、胡大勋三支部队加上峄县县委领导下的一支武装合编而成，在抗战八年中，一直活动在徐州、枣庄之间的运河两岸和微山湖。最初成立时有1300人，战事起起伏伏，到困难的1942年时，缩小到500人。童邱龙就是在这最困难的时期来到了运河支队。这时运河支队在运河两岸建立了黄丘套根据地。这个地方东西十多里，南北五六里，有十几个村庄，人们称之为“一枪打透了的根据地”。可它是我们控制的唯一的一面政权，其他广大地区都伪化了。他们指战员都改穿便衣，以连为单位，分散活动，昼伏夜出。

就是这样的环境，这样的装备，创造了相当一个团兵力的武装，进行了无数次战斗，如杜庄、朱阳沟、上郭村、毛楼、十里沟等战斗。日军或数百、或上千进攻村落，施放毒气，我军仅数十或二百来人与之作战，每战都歼敌数十至百人。湾槐树战斗，日军上千，我军仅百余人肉搏坚守；打塘湖据点，消灭敌人一个分队；袭击峄城黉学兵营，刀斩伪军百多人；智进枣庄除奸，活捉维持会长；常步桥伏击，歼灭敌寇广田中佐以下200多人；打贾汪柳泉，各俘获伪军数十人；袭击台儿庄车站，生擒日寇站长；攻利国驿铁矿，毙、俘敌、伪数十；耿集地区两次反击，斩获伪军700人；在沙路口战斗中，我28勇士抗击上千敌人，牺牲27人，仅一个副队长因负重伤装死，才逃过敌人耳目。运河支队始终坚持在敌伪腹地，敢在鬼子头上跳舞，到1945年，发展到3000人。

1943年，运河支队在上级的支持下，开辟了一条新的安全的新四军军部人员到延安开会、学习的通道。当年12月，陈毅军长去延安，就是经过运河支队，由童邱龙受命带领小分队护送到微山湖边的交接处。

1945年抗战胜利后，运河支队被编为鲁南军区山东警备9旅18团，童邱龙任团政委。

1946年解放战争开始，18团编为山东野战军10师为30团，参加了鲁南战役；1947年1月，10师编为华东野战军第3纵队，改为第7师，30团改为21团。7月外线出击，转战豫、皖、苏三省；打济宁，攻睢宁，第一次解放许昌。1948年春夏，参加解放洛阳、开封和睢杞战役。8月，被调任纵队政治部组织部副部长，这期间，参加了济南战役、淮海战役。

1949年3月第3纵队改名为22军，他改任军政治部直工部长，参加了渡江作战。9月，改任65师政治部主任。1950年1月到1954年10月，到64师任副政治委员、22军干部部部长、华东军区干部部特种兵干部任免处处长。

▲ 1955年全军第一次授衔

1955年7月，他被调任济南军区干部部副部长。同年11月全军第一次授衔，被授予大校军衔，荣获二级独立自由勋章、二级解放勋章和独立功勋荣誉章。

1959年以后，调任济南军区装甲兵副政委，炮兵副政委、山东省军区顾问，1981年正式离任退休，享受正军职待遇。

由于对抗日战争时期战斗生活的怀念，对运河支队牺牲战友们的深厚感情，退居二线后，他即着手调查、整理关于运河支队的历史资料，走访在全国各地定居的运河支队健在的战友，三个多月，采访了100余人。为了提高自己的写作水平，他走进了山东大学夜校文学班学习，

▲ 1958 年 8 月 9 日，毛主席在济南接见陈昌奉同志（左 1），童邱龙陪同

◀ 1978 年在济南家中

每周三个晚上加一个星期天，风雨无阻，三年毕业，终于编写了 40 万字的《运河支队抗日史略》和策划、组、编了回忆录《鲁南峰影——运河支队专辑》（均正式出版）。他不仅为运河支队写史，还为运河

支队的烈士立碑，他自费在济南花岗岩石厂做了两个石碑，自写碑文，请我省著名书法家施邦华书写雕刻在黑色的花岗岩石上。当地政府很重视，在石碑上盖了一个亭子。他又亲自请一些老首长、老同志、老书法家撰写楹联。张爱萍、舒同、魏文伯、武中奇、梁巾侠、贺敬之、

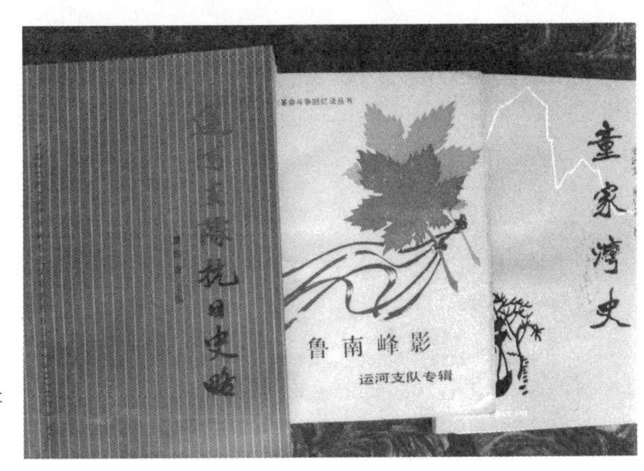

▶ 1981年离休后编著书三本

景新戎等都积极支持书写。

这两处碑亭都建立在枣庄、徐州贾汪的公园里，成了当地青少年革命传统教育基地。

同时，他没忘了他的故乡黄陂县童家湾的革命家、爱国人士，对国家有贡献的专家、教授、劳动模范和各个时期的烈士们，他要从革命的角度编写一本“童家湾史”。这一计划，工程也是巨大的，但他居然在1992年9月写成，10月自费出版。接着又自费在童家湾村头上树立了一块在辛亥革命、广州暴动、抗日战争中牺牲的三位童家烈士的纪念碑，这里又成了在清明节附近各学校师生凭吊先烈、敬献花圈、接受革命传统教育的基地。

以上事情做了他还不甘心，思索着如何早日改变家乡贫困面貌。靠一点工资积累的资金是远远不够的，他煞费苦心，想来想去，认为

◀1990年参加山东省老有所为表彰会归来

从50年代业余时间逛文物店买到的十几幅明、清、近代名家的字画，和平时代名家相赠的字画，算来也有百幅，将这花去半生心血的心爱之物捐给国家，对国家是一种贡献，所得奖金就能支持家乡建设了。想到这，他毫不犹豫地与武汉市政府联系，受到了他们的欢迎，并隆重地开了一个捐赠会，在会上，他当场宣布将所得奖金捐赠黄陂县，支援家乡建设。

100幅画中，一级文物是清代乾隆时黄鼎的《西陵峡图》，二级文物有明代著名画家谢时臣的《岳阳楼》，“明末四大书家”中董其昌、米万钟、张瑞图等的行书，还有郑板桥的兰花小品，王铎、边寿民、赵元谦真迹等15幅。近当代的领袖、文豪、书画名家董必武、郭沫若、舒同、老舍、溥心畬、徐悲鸿、潘天寿、李苦禅、黄永玉、王雪涛等等的题字和作品，它们的经济价值是不可估量的。

总之，他一生讲的就是奉献，直至2008年初病重住院，还念念不忘要在家乡筹建一个革命烈士纪念馆和印刷一本烈士相册。

他的一生确实是为国为民，践行理想的一生。

两个正直善良的孩子

我很自豪，有两个正直善良的孩子。从小他们就懂礼貌、讲规矩、不胡搅蛮缠。他们的童年、少年时代，衣食无忧，过着平静有规律的生活。做父母的我们，从无打骂，疾言厉色的责罚行为。

儿子童星，名字是我取的。取名的本意，就是用个谐音，希望他永远有着一颗天真无邪、单纯、快乐的儿童之心。

▶ 1959 年童星三岁

在五六岁时，我大姐从湖南老家来济看我，一次带他到大观园买东西，要买点糖果给他，他拒绝说："妈妈不让。" 大姐回来感叹不已，说："六妹，你真有福气，小时有个好妈妈，结婚后有个好丈夫，将来有个好儿子。"

孩子是要培养的，邱龙才是个行多言少的好父亲。儿子四五岁时，正值国家困难之时，物资缺乏，儿童玩具极少。为了开发孩子的智力，他托人特制了一张积木图，请木工按图制造了一套积木。有长方形、四方形、三角形、圆柱形等木块，用奶油色油漆漆成，在一尺见方的木盒里摆得整整齐齐、满满当当，供儿子堆砌玩耍。这套积木，传了好几个孩子哩。

"文化大革命"期间，停课闹革命，童星才十一二岁，他没有出去胡闹，而是在部队营房炊事班里学着做馒头、包饺子。

一次，我正在上班，有人来电话通知我，童星在游泳池边上摔了一跤，额头跌破了，要我快去。我急忙放下工作，跑出机关门，游泳池的护池员已用自行车将他推到机关门口。我赶忙将他送到隔壁省委

◀1968年"文化大革命"运动中

门诊部治疗，缝了五六针。他见到我，也没哭，也没喊疼，安静地像没出事一样，让人心疼又宽慰。

在他小学毕业升初中的暑假，邱龙安排他和一堂兄回湖北老家一趟，并要求将所见所闻回来如实报告。他在纪念他父亲那本《皓首情更真》书中写道："当时懵懂的我自然不懂此意，更不胜此行……现在回想起来，此行父亲的用意是非常深远的，一是要我们对社会特别是对故乡有所接触和增加认识；二是通过我们了解故乡的现状；三是培养我们爱祖国、爱故乡的情怀。"他后来又通过父亲对家乡的种种贡献，归纳写道"父亲所做的一切，可谓是尽其所能，倾其所有。而这一切都发生在我们子女的不经意之中，没有过多的渲染和表白，犹如再平常不过的事情。父亲的所作所为，是一个游子从心底里流淌的浓浓故乡之情，教给我的是爱祖国、爱家乡，使我懂得了什么是滴水之恩当涌泉相报。"

1970 年他初中毕业，不少同学参军了，他也要参军，我们觉得他太小，而且才只是个初中生，不同意。这次他坚决起来了，缠了他爸爸一夜，非要去当兵，在《皓首情更真》书中写道"我的中小学时期，正值'文化大革命'的动乱中，'读书无用论'甚嚣尘上，'白卷先生'正春风得意，直到'复课闹革命'的口号，才走进教室，有了极不正常的学生生活。在这种情况下，部队大院里的子弟纷纷投笔从戎，我身边的小伙伴们一个个丢下书包到部队里当兵去了。在当时，对青年人来说，这是一条既荣耀又实际的出路，自己也为之心有所动。可是，不论我如何软磨硬泡，哭闹绝食，父亲始终不同意我当兵的请求。并语重心长地开导我：在你以后的生活、工作中，没有文化知识是绝对不行的，必须打下一定的文化基础才能在社会上更好地立足，现在能学多少就学多少，总比没有强，高中毕业是对你最起码的要求。在父亲的坚决反对下，我的第一次人生抉择被‘拨乱反正’，老老实实地完成了我的高中学业。”

高中毕业后，高考已停止，只有下乡锻炼一条路。他还是幸运的，参加了由部队干部领队有组织的知青队伍。不到一年，由于他表现好，被选送参了军。

1976年初，我因病到栖霞部队疗养院做温泉治疗时，特意到烟台边防检查站去看望当兵的儿子，和他们站领导交谈时，我说了一句："童星不爱讲话。”站领导马上回话说："他不讲空话。”可见，部队对他评价还是很高的。其实他在部队一年后即被批准为中共党员。

为了迎接劫后第一次高考，他服役期满即复员回家参加考试，分数差一点没考上正规大学，但能上电视大学。他边学习，边参加国家分配的工作。

他平时沉默寡言，不会逢迎拍马，阿谀奉承，工作兢兢业业，认

◀1970年丹丹四岁

真负责。一次见到他的上级和同事，都夸他年年是先进工作者、优秀党员。但这些荣誉，他从未与我们提起。

女儿丹丹的名字是他爸爸取的，丹是我姓的另一发音，童丹是我们两人所有。丹丹的性格与他哥哥不一样，她活泼开朗，结交广泛。同样，我们对她的学习、生活不给太多的管束，使她有个舒畅、自由的童年、少年、青年时代。

她也是听话、懂事、不娇气的孩子。两三岁时打防疫针，不少孩子一听打针就哭了，轮到她打时，我说："丹丹勇敢，打针不怕。"她真的含着眼泪也不哭出声。她进幼儿园前后，都是由保姆带的。我怕她吃多了糖长龋齿，规定她一天吃两颗糖，但保姆在她早上未起床时就塞一块糖给她，她看到我来了，就躲在被子里吃。那时一到深秋，我家苹果比较多，我放一些在柜子底下的抽屉里。一天抽屉开了一条缝，丹丹的小手刚好伸进去，她喊着："挤着啰！挤着啰！"我马上将抽屉拉开，她一把抓一个苹果出来，手并未挤着，我才知道她在耍小心眼。一次脱袜子洗脚，见大脚趾上一条红裂缝，她见了大喊："破啰！破啰！"我仔细一看，用手指轻轻一捏，捏出一条小红线，她破涕为笑，我为她的敏感也笑了。

不到三岁吧，一天保姆有事要回老家章丘一趟，建议带丹丹一块去，丹丹没意见，我也就同意了。临走时，用一条纱巾包住了她的头和脸。一个星期后，她们回来了，保姆比我大，我叫她大嫂，丹丹叫她娘娘。大嫂介绍丹丹在农村的一件趣事：大嫂邻居养了几只鸡，鸡生了蛋，丹丹兴奋地跑去捡回来交给娘娘，连捡了好几天，娘娘都给她攒着，直到走之前，才将蛋还给邻居。

也就是这一年，丹丹扁桃体发炎住院了，要开刀做手术，我担心她痛、她闹，没想到第一天做了手术，第二天去看她，她居然站在病房门口吃开了苹果。

在毛泽东思想大学校时，一次放几天假回家探家，假期结束，她不让我走了，紧跟着我，怎么劝也不让。我只好说："我不走了，你去玩吧。"家人带她出去玩时，我脱身走了。过几天，邱龙来信，批评我不该骗孩子，丹丹回来没见着我，哭了很久很久。这是邱龙一生中唯一的一次批评我，使我至今难忘。

小学寒暑假，我也请过名师教她学弹琵琶和美术，大概学了两年

▲ 摄于 1979 年

吧，也参加过学校的表演。由于功课忙，也因她不太努力，我也缺少督促，就半途而废，不了了之。其实我也无意要她学此专业，只是借此培养她的情操和多方面的爱好而已。

从小带她去过南京、上海、青岛。1976 年十岁时，居然让比她才大七岁的表姐带她到北京亲属家去旅游。正值唐山地震，这一段时间，我们在济担心受怕，紧张得不行，她们倒好，还在北海划船。

1985 年暑假，又让她跟比她小两岁的堂妹回湖北老家探望，体验一下农村生活。她确实是一个没下过乡、没当过兵，没离开过城市 的学生娃。

从她在《皓首情更真》纪念他爸爸的文章中看来，她感到幸福一直伴随着她："人到中年，从没有细细地考虑过我走过的日子。现在想来，我是太幸福了，一直被爱浓浓地包围着，以至于我忽略了许多的生活细节。好多在外人看似兴奋和感动的事，对我来说都是生活中的平常事。

"父母给予了我一个富足的生存环境，不仅是生活上的，还是精

▶ 1984 年离休住进了干休所

神上的。这一切在我的言谈话语、为人处事中淋漓尽致地体现。

“前些日子我从南昌出差回来的火车上，碰到一台湾人。……在聊天中，他讲道：‘你从小的生活环境非常好，家庭的氛围也非常好，你的父母对你的影响是巨大的，无论是你的生活还是工作。而且他们对你的影响将伴随你终生。’我不太懂这些，但一陌生人寥寥数语，

▶童星、印彩霞夫妇

◀1986年童星的女儿童思飞已半岁多了

讲得如此贴切，看来我生活的幸福感、我的从容、大方、善良是无时无刻不溢于言表，这种骨子里的东西，是从小到大的生活的体现。”他们俩都有一个美满的小家庭，媳妇印彩霞，内外一把手，对内主持家务，能干、利索、做得一手好饭菜；对外，山东省电台金牌主持人，拥有大批听众。孙女童思飞，学习努力，成绩优秀，去法国读研近三年，回国又在中国科学院读研，学哲学专业。我还有个异姓孙女，叫张音茵，大学毕业后，在省电台工作。

▶ 丹丹、王旭东和儿子博汉

◀ 1991 年丹丹的儿子王博汉也好几个月了

女婿王旭东在省电视台也工作近30年了。是老编辑、老记者，工作经验丰富，多才多艺。他们的儿子王博汉，一米八七的个头，勤奋好学，知识面广，性格活泼，独立性强，现在正是风华正茂之时，已成为上海同济大学建筑设计院正式员工，我们对他寄予厚望。

我们从来没期盼子女们成龙成凤，只希望他们成为爱国家、爱人民、爱家庭、健康、快乐、品学兼优的人。

▶ 2004 年 思 飞、博汉、音茵三姐弟

▲ 2006 年全家合影，前排右 1 为侄孙童秦笙

夕阳霞满天

生老病死是人生的自然规律，虽亲情难忘，也得抚平这个伤口。

老伴走后，我静下心来，开始整理几十年来的照片，按时间和类别成册。我爱保存信件、资料、文章底稿，比如在新中国成立后，邱龙参加的，在北京全军第一次政治工作会议和在南京华东军区参加的第一次党代会的入场券、座位卡；1955 年，在南京举行将军授衔，他当大会司仪，陈毅元帅亲自签名邀请他的请柬我也保存了下来。特别是日记，“文革”前的，因怕惹麻烦全部烧了。离休后，我又开始写，现已有十多本。信件中有我资助上大学的侄子，大学期间给我来的百多封信，我征求他的意见，他要保存还是由我处理？他要求寄还给他，给他儿子阅读，我寄还给他了；儿子童星，下放农村近一年，又当了三年兵，给邱龙和我来信 70 多封，我也征求他意见如何处理？媳妇印彩霞马上接话：“我正要研究他的过去。”将一扎信件拿走了；五姐和我通信较多，2000 年她来济时，从我手中接过一摞写给我的信，感叹地说：“一部伤心史。”还有许多老同学、老战友、前辈、亲属等等的信，我一一规整存放在一只小皮箱中，还想保存着，有空再翻看。2000年一天，在南京的外甥女婿曲卫猛突然在电脑中发现，有人出售上海油画雕塑研究院雕塑家曾路夫给我的一封信，要价100元；杭州版画家裘堂给我的信50元。不几天，又出现出售著名剧作家马少波给我写的一封短信，谈他的剧作集出版事宜。我惊呆了，我无意中竟随便丢弃了这些一生有成就的专家的墨宝和文牍，怪我太不经心、太不重视。又一想，有人竟如此重视收藏，也是一件好事，这比我压在箱底更有价值，心也就安然了。

我说过我喜欢读书，年轻时候看书是囫囵吞枣、浮光掠影，现在我一天主要的任务还是读报、看书，虽也写笔记，记录名句，而且看后能生动地给人讲内容，但我没有对经典书籍做反复研读，到今天也没有对一本书有深刻的认知和理解。读报也是每日的主课，受几十年编辑工作的影响，对国家大事，每个时期的各项方针政策，政治、经济、军事、历史、科技、文化、艺术，民间趣闻逸事等等，都感兴趣，都想知道一点。我个人订的，公家送的报刊有六七种，一天看不过来，经常有积压；还有我老同学、老战友、事业有成就的大有人在，现在都早已从工作岗位上退下来，著书立说的、写回忆录的、整理旧作成集的，给我寄来的也不少，我都想看，都想拜读。我还有时写点小文章发表在刊物上。值得重笔一提的是，我将邱龙晚年对国家、烈士、家乡、亲属所做的几件大事，各种报刊登载的文章，编排成一丛书《皓首情更真》印刷出版。这本书有文字十几万；有捐献古今名人书画100幅中的40幅；伟人、名将、老战友、家人、亲属和他个人各个时期的照片200多张。这本书很有纪念意义和价值，给不少有关部门和各类纪念馆提供了不少资料；我也爱看好的电视剧，看时精力集中，不愿受电话和来人的干扰，所以我只晚上看，白天从不看电视。为了保持健康，能有一个好的体力，我不能只看哪、写呀，所以上午天气好时，我还要拿出半个小时至一个小时在楼下花丛树荫下散步，和院中老人、第二代、三代的年轻人、小孩交谈逗乐。

我的精神生活太丰富、太充实了。有人说：物质需求的满足能给人带来的最多不过是舒适的感觉，真正能给人带来无尽愉悦的还是精神生活。我深有体会。

老伴走后，亲情、友情陪伴着我。几十年来，我秉承热情、正直、力所能及地和邱龙给予了两家老人、兄弟姐妹、侄、甥，甚至孙辈二三十口人物质上的赡养、抚育；精神上的关怀、照顾。在做这些时，只是一种责任感，并未想其他，到了晚年，才深深体会到了亲情的可贵。他们一个个知恩图报，外地的，每年节日都来电话问候，并寄来衣物、特产；本地的，经常带着各种衣物、食品来看我；儿子、媳妇在没有出差、开会、其他重要事情外，每星期六都要来亲自为我

◀邱龙外甥黄建寅夫妇

做顿饭，带上时令蔬菜果品，海鲜、肉、禽等稀罕食物；女儿、女婿干脆与我同住一个屋檐下，早晨为我做营养早餐，晚上陪我看电视剧，床头为我安上呼叫器，处处做到周全、贴切，并成为我与亲友在电脑、手机上的联络员；我还要提到的是，一个现已70岁的义女余秀荣，她是一个烈士子女，孤儿，在部队保育学校长大。十来岁时，邱龙和

▲ 义女余秀荣、陈万斌夫妇全家三代于2015年齐聚我家

我知道这一特殊情况，于是寒暑假周末将她接来家中照料，几十年了，我们这里就是她的娘家。初中毕业后，我们建议她参军学医。她工作努力、刻苦，当了济南军区总医院外科高级麻醉师。她现已当奶奶、姥姥了，但仍不顾路远，经常来家看我。她心灵手巧，做的塑料花，剪的福、寿字、喜鹊、梅等工艺品，亲手做的蛋糕、甜品和时尚的手钩毛线拖鞋等等，透着创作的喜悦，给我送来。在我和邱龙的亲人中，我还得提一提邱龙大哥唯一的儿子童正东、儿媳穆光辉，不

忘我们曾对他俩学习和生活的照顾，现在诊所开办得红红火火，光辉针灸、推拿的医术在当地名气很大，他们每年除节日电话问候外，还按时寄来当地的土特产，以表心意。还有他弟弟童陆一的四个女儿，童梅、童芳、童玲、童娟。童梅于1983年接来济南读书，进中专学医。因她是老大，1988年，她学习、实习完后，仍让她回老家就业，好照顾其父母。现在她在黄陂县医药部门工作，结婚生子，有房有

◀ 侄子童正东、穆光辉夫妇

▶ 邱龙弟弟童陆一、刘丽萍夫妇和外孙小欧

▶ 四个侄女：老大童梅（左2）、老二童芳（右2）、老三童玲（左1）、老四童娟（右1）

车，儿子已大学毕业工作。她每年都来电话问候和送来礼物。童芳在 1985 年 16 岁时从湖北老家来到济南我家，白天帮着我照看孙女，晚上去夜校学幼教，就此留在了济南，结婚生子，成家立业。她朴实、勤劳、单纯、善良，对她的二伯和我这个二妈感情很深，这五六年来她干脆辞去了其他工作，专心来照顾我，管起了我这个小家。有了她的陪伴、照料，儿子、女儿减轻了心理负担，我也不考虑烦琐的家庭杂事，能一心一意享受我的精神生活。我从心底里感谢她，她也表示，无特殊情况，绝不离开。童玲也是个热情、能体贴人的孩子。来济后，白天帮着照顾外孙，晚上进校学习，在济工作、结婚。20 多年来，我家有事随叫随到，照顾她二伯，关心体贴我，送这送那，就是自己的孩子一样。最小的童娟，帮助她在武汉理工大学读到硕士生毕业，与一博士生刘刚结婚，现同在本校工作。经常表示不忘培养之恩，定要回报。

我是个爱交往的人，同学、战友、同事，过去通信、电话联系；

校庆、集体聚会见面；有的办事经过济南而来探望；有的专程来家忆旧。最感人的一幕是：2012 年突然接到一封广州来信，一位不认识的人谈到他叔叔在电脑上查到单小璜的踪迹，不知此人是否其要找的人，特此探询。我一看找我的是梁仲堂，我立马记起来了。70 年了，三个从国外来国内参加抗日的华侨，分到我父亲负责的水陆交通检查所当检查员，年龄都不到 20 岁。我那时也才初中毕业。他们都是爱好文学的青年，特别是梁仲堂，年纪轻轻的，性格怪异，不太接近人，有点愤世嫉俗的样子，我们接触不多。但后来几年，我考上了国立艺专，在重庆、在杭州，他们三人都来看过我。一晃，70 年过去了，梁仲堂居然还记着我，打听我的行踪，我很激动，马上和他侄子打通电话联系。通过女儿的电脑，我们交谈着几十年来各自的经历，还有另两位华侨朋友的遭遇。2013 年 10 月，他来了，他带着马来西亚椰子香味来到了济南，一位腰背挺直、步履矫健的 90 岁老人，神采奕奕地来了，带来了市场上买不到，世上仅有的一份珍贵的礼物送给我。这份礼物（在我父亲一节中提到过一点）就是 1945 年抗日胜利时，我父亲写给他的题字赠言：

在抗战中长成困苦艰难备尝之矣

完成建国事业责任更大岂能旁贷

仲堂同学抗战胜利纪念 单光炜题三十四年国庆日

我眼睛朦胧了，父亲一生没有一件遗物在我身边，连一张相片也没有，这张题字对我是无价之宝，它显现的是一个爱国极深的中国军人形象。

我感谢梁仲堂老朋友，我深感友谊的厚重深沉。

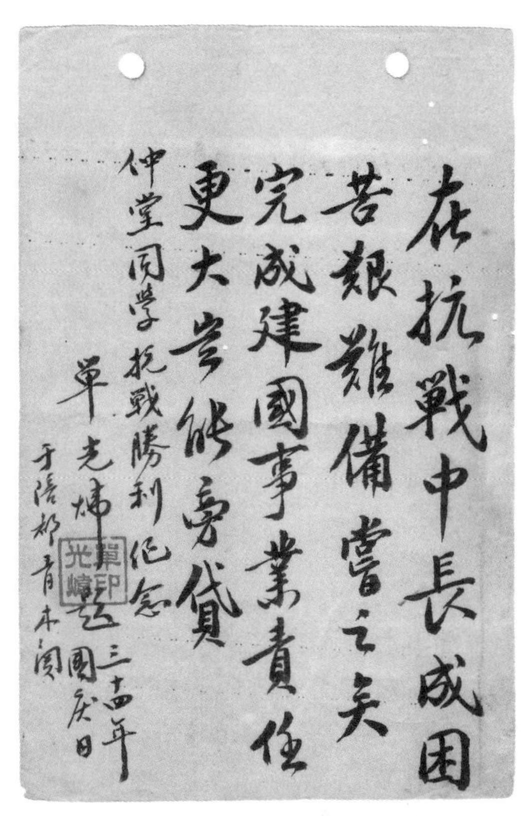
在抗戰中長成困苦艱難備嘗之矣完成建國事業責任更大尚能勇負

仲堂同學抗戰勝利紀念

單光煒題 三十四年國慶日 于陪都青木關

單印光煒

▶ 父亲的遗墨

国家的富强、社会的安宁，我所在山东省军区济南第二干休所领导和全体同志无微不至的关怀照顾，个人身体的健康，心态的平和，亲情的抚慰，友情的愉悦，加上一定的经济基础和物质条件，这能说不幸福吗？比上不足，比下有余，知足常乐，这是真理。

不少人为权、钱争斗后，发出了以下这段感慨：

有粮千石，也是一日三餐。

有钱万贯，也是黑白一天。

洋房千座，也是睡榻一间。

宝马百乘，也是有愁有烦。

高官厚禄，也是每天上班。

山珍海味，也只是一副肚腩。

荣华富贵，也只是过眼云烟。

钱多钱少，够吃就好。

人丑人美，顺眼就好。

人老人少，健康就好。

这段话应该引起人们的深思。

我深感我的晚年，过得充实、无忧，真是夕阳霞满天。

▲ 2015 年春节，女儿、两个侄女三家九口共庆佳节

结束语

一生虽无大的成就，但每个时期都留有那么小小的一点足迹。在部队文工团三年，从文工团员提为副分队长，立三等功两次；当文化教员一年立三等功一次。在文艺出版社参加了中国戏剧家协会山东分会成为会员，并被选为该协会第二次常务理事会委员后又推荐为中国戏剧家协会会员。省里成立儿童戏剧研究会时被选为副理事长。离休后，全国第一次评职称，社里还报批我为副编审。

在耄耋之年又鼓起勇气来写小小的家史和平凡的个人经历，不急不忙，一天写一到两个小时（有事除外），在一年多的时间里，我终于结束了近9万字的文稿。

过去的历史，大多是王朝的更替，金戈铁马。我同意历史应由伟人、名人、小小老百姓的事迹、经历、家长里短的生活构成，这才是真实、多方面的、完整的。我写的《回眸九十年》，大的意义没有，只是家庭琐事，个人遭遇，只能供我的子女、亲友、后代阅读留存而已。

今年，2015年4月，在济的和从家乡来的亲属，老到80多岁的，小到两岁多的，共20多人，齐聚餐馆，为我虚岁90办了一个欢乐、温馨的寿宴。我在沈阳的老姐姐，在上海的小老弟，在南京的外甥女，在湖北的两个侄女给我寄来了和带来了高档时尚的皮毛大衣和风衣、礼金；在座的带来各色礼物和祝福。我身穿妹妹送我的漂亮毛衣，外披外甥女送的丝质披肩，和双双、对对、三口之家、三代同堂的儿子、女儿、侄女、外甥等小家庭照了不少照片，幸福、满足感在内心荡漾。媳妇在祝词中，称我为家中一宝，我却认为，所有的亲人们才是我心中的一宝，没有幸福的大家，我的幸福从何而来?

我将永远做到“知足常乐，助人为乐”，永远做到以微薄之力继续帮助有困难的亲友，继续过着充实的、有尊严的、有质量的、优雅的有生之年。

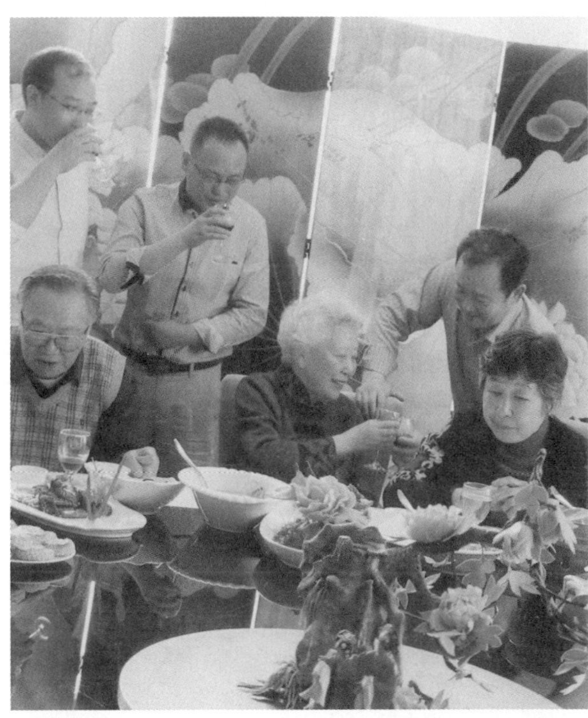

◀ 2015 年 90 寿宴上三个侄女婿向我敬酒

▼ 90 寿宴上四个第三代向我敬酒